◆◆ 中国文学名家小小说精选丛书

猜猜谁来埋单

刘万里 著

江西高校出版社
JIANGXI UNIVERSITIES AND COLLEGES PRESS

南 昌

图书在版编目（CIP）数据

猜猜谁来埋单 / 刘万里著 . -- 南昌 : 江西高校出版社 , 2025. 6. --（中国文学名家小小说精选丛书）.
ISBN 978-7-5762-5608-6

Ⅰ . I247.82

中国国家版本馆 CIP 数据核字第 2024QL4341 号

责任编辑	金　棣
装帧设计	夏梓郡

出版发行	江西高校出版社
社　　址	江西省南昌市新建区工业二路 508 号
邮政编码	330100
总编室电话	0791-88504319
销售电话	0791-88505090
网　　址	www. juacp. com
印　　刷	鸿鹄（唐山）印务有限公司
经　　销	全国新华书店
开　　本	650 mm×920 mm　1/16
印　　张	13
字　　数	160 千字
版　　次	2025 年 6 月第 1 版
印　　次	2025 年 6 月第 1 次印刷
书　　号	ISBN 978-7-5762-5608-6
定　　价	58.00 元

赣版权登字 -07-2024-976

CONTENTS

目 录

猜猜谁来埋单

第一辑

校园春秋

◀ 这就是爱

我对父亲一直充满着误解，直到父亲死后我才理解了父亲。

母亲走后不久，父亲也退休了，我怕父亲孤独，把他接来跟我们一块住。家里不愁吃、不愁穿，父亲每月还有5000多元退休金，但我不理解的是父亲每天为啥要去捡垃圾。楼道里堆满了父亲捡的各种破烂，邻居有意见了，多次找我交涉。我觉得没有面子，很丢人，坚决反对父亲捡破烂。父亲不听，我大发了一通脾气，父亲一气之下搬走了，搬到了学校附近的老小区，他说他要陪我母亲。

直到一天，同事把一份晚报放在我面前时，我无地自容，恨不得地上有个缝能钻进去，我对父亲彻底失望了。报纸上醒目地刊登着一篇题为《某某图书馆向流浪汉开放，拾荒者借阅前自觉洗手》的新闻，配的照片就是我的父亲，他的旁边放着一根竹竿，两个大大的袋子，塑料瓶和罐子隐约可见。

我没想到的是网上也跟风转发，网友为此纷纷点赞，他认真读报的样子，让许多网友动容，许多人都为他追求知识的精神点赞，老人家不自觉成为我们城市的网红。

我气得想骂人，父亲怎么变成了拾荒者，变成了流浪汉，别人看到又会怎么想呢？不知道的还以为我是个不孝的女儿。害得我每天不敢出门，总感觉背后有人再指指点点，骂我不孝。我在电话里把父亲骂了一顿，扬言他再要捡破烂，我就跟他断绝父女关系。

也许受了我的威胁，父亲真有好几天没有出门去捡破烂。

父亲所住的房子是多年前教育系统统一分配的，房子里至今还是交付时的毛坯，没有任何装修，连照明灯也是工地上的那种小灯管。房子内除了一张木板床外，没有任何家具，我想在我住的小区为父亲买套小房。如今房价涨得厉害，我手头也不宽裕，还差几万块钱，我说了我的想法，没想到父亲说："我没有钱。"我说："你不是每月还有5000多元退休金，钱到哪去了？"父亲不语，父亲把钱看得太重了，太吝啬了，过年他连给我儿子的红包没有超过200元。

买房的计划搁浅了，我还是不放心父亲，我在父亲身边安插了内线，原一所学校的退休女教师，父亲的一举一动，我随时掌握着。

后来，父亲又出去捡破烂，家里都成了垃圾场，有时还散发着难闻的味道。父亲让我彻底失望了，他想咋就咋的，我再也不关心他了，就当我没有这个父亲。

转眼间，两年过去了，我对父亲不管不问，父亲伤透了我的心。

父亲节这天，我接到"内线"的报告，她说最近好久没有见到我的父亲去捡破烂了，她怀疑我父亲病了，让我回家看看。

我匆匆去父亲的老小区，敲门没人开门，好在我有钥匙，我打开门，看见屋里堆满了破烂，发出难闻的味道，我看见父亲躺在床上一动不动。我吓了一跳，摇醒了父亲，父亲见是我，望着我微微一笑。

我抓住父亲的手，他的手骨瘦如柴，我说："爸，你病了？"

父亲有声无力地说："没事，老毛病又犯了。"

我说："我送你去医院。"

父亲说："别花冤枉钱了，我的病我清楚。我死后，别忘了把这些破烂卖了，我的党费还没缴呢，你一定要帮我缴上。还有，几年前我就签了遗体捐献志愿表……"

我含着泪点了点头。

父亲望着我笑了笑，他张开嘴想要说什么，嘴张得很慢，他仿佛在使出全身的力气，父亲头一偏，闭上了眼睛。

我扑在父亲的身上，泪水落在了他单薄的身上。

处理完父亲的后事，我开始整理父亲的遗物，遗物当中，没有什么值钱的东西，我发现了一沓泛黄的捐资助学凭证，希望工程的救助报名卡等，还有一堆受助孩子的来信，他们给父亲汇报考试的成绩……父亲一生对自己很苛刻，生活清贫，却把丰满的爱，分给了那些困苦的孩子。读着孩子们的来信，我潸然泪下，我误解了父亲。

看着这些无价之宝，泪水已在我的脸上恣意蔓延……

（原载《教师报》2024 年 1 月 3 日）

开满野菊花的山岗

那年，我到大巴山一个叫上七里的地方支教。

上七里顾名思义，就是从山脚下的旋涡镇出发，沿着山路出发，上山要走七里，上七里在山顶一个平地，聚集着几十户人家，这里有商店、饭店、客栈，一到逢集市，这里是一个繁华的地方。而我所在的学校，离上七里还要走七里，学校在山岗上，连围墙校牌都没有，人们都叫山岗小学。

我第一次来到这山岗小学，山岗开满了野菊花，满眼都是连绵的群山，我从小长在平原，第一次面对大山，满是兴奋。

校长是当地人，50多岁，看上去满脸沧桑，他见我笑呵呵地说，“欢迎你来，但愿你能坚持住。以前来的老师，待几个月都走了。”

我握住校长的手说，“放心，我能坚持下来的。”

来了后我才知道，这学校有两个老师，校长和我。学校只有一到四年级，我和校长各带两个班。每天学生从方圆十几里的地方赶到这里上学，跟学生在一起，我很快乐，但一放学，我独自一个人待在学校里，心里便生出寂寞来。

后来，校长见我一人做饭不方便，就叫我放学到他家里吃饭。经常去，我感觉不好意思，校长似看透我的心思，便说："以后轮流到学生家里吃饭，顺便家访一下也好。"

我笑了笑："也好，不过我要给饭钱。"

校长说："饭钱就算了吧。"

学生家不富裕，我每次去学生家中，他们都拿出最好吃的东西招待我。

一次，毛蛋问好："老师，肯德鸡（基）、麦当老（劳）长得啥样子？好吃不？"

"好吃。"我给他们比画着。

毛蛋流着口水："城里的学生就是好，天天可以吃，而我们见都没见过。"

我摸着毛蛋的头："你们要好好学习，走出大山，别说这些，就是北京烤鸭……想吃啥有啥。"

学生们都咽口水。

一学期结束后，我把饭钱做了统计。当我送钱上门时，都被家长们拒绝了，他们说啥都不要。

开学后，我把这些钱全买了肯德基、麦当劳，连夜赶回学校。

"同学们，我给你们带来了肯德基、麦当劳。"孩子们兴奋不已，叽叽喳喳。

我把这些东西分给他们吃，虽然他们每人只能分到一小快，但他们都吃得津津有味。

毛蛋说："真好吃，我长大后要去城里天天吃这些东西。"

我笑着说："只要大家好好学习，以后就可以天天吃。"

支教一年快到了，老校长每天都闷闷不乐。

放学后，老校长变戏化似的拿出一瓶酒和一包花生米说："来，我们喝几口。"

我和老校长一杯一杯地喝，老校长一句话都不说。

瓶子快见底了，老校长说："不走，行吗？"

我说："再不走，女朋友就要跟我分手了。"

老校长端起酒杯一饮而尽，我看见他眼里有泪，他二话不说就走了。

我开始收拾行李，准备明天一早离开山岗小学。

天一亮，我推开门，看见窗前摆满了野菊花。今天是周末，学生不到校，谁送的呢？我再一抬头，校门口站满了学生，他们手上都拿着野菊花。他们是来送我的，他们异口同声地说："老师，希望你能留下来。"我在寻找校长的身影，校长却没来，我知道校长在生我的气。

我提着行李，向学生们挥了挥手，迈上了崎岖的山路，学生们送了我一程又一程。我说："你们回去吧！"毛蛋说："老师，我们舍不得你走。你的话我们永远记着，我们要好好学习，长大了去城里吃肯德鸡（基）、麦当老（劳）……"

我翻过一座山，回头一望，学生们还站在山岗上。

这时，我看见了校长，他举着拐杖，艰难地朝我走来，他腿上打着石膏。

我朝校长走去："校长你怎么了？"

校长说："昨晚有学生听说你要走，他们打算辍学，我去他们家长做工作，回来时不小心摔了一跤，骨折了。我是从医院偷偷跑出来的，是想送你一下……"

我握住校长的手，热泪盈眶。

原本在山岗小学支教一年，后来我却支教了五年。

（原载《教师报》）

被领导抱过的孩子

一场百年不遇的洪水袭击了这个偏远的苦瓜村，洪水滚滚，房屋倒塌，树连根都拔了起来，到处是一片狼藉。

当县长冒雨赶来时，洪峰还在继续上涨，房屋顶上十几个孩子和村民哭叫一片，县长亲自指挥武警官兵划着皮划艇去营救。武警官兵冒着生命危险终于把这些孩子和村民救了出来。

县长对灾民说，大家要相信党和政府，我们会帮你们渡过难关的。这时随同县长的记者用相机和摄像机对准了县长。一个记者来到县长身旁悄悄说："为了增加真实性，表现县长的平易近人，请县长抱一下刚被营救的孩子，我们好拍摄镜头。"县长在那群孩子中瞧了一下，他弯下腰不情愿地抱起一个没有鼻涕的孩子，孩子见了陌生人哇哇大哭。县长不知道如何是好，随同县长来的人就逗着孩子说："笑一笑。"孩子就是不笑。村长把孩子母亲叫来，让她哄孩子笑一笑。孩子还是不笑。记者掏出一颗糖在孩子面前一扬："笑一笑，就给你。"孩子也许饿了就哈哈大笑起来。记者用镜头对准了县长和孩子，金光闪闪，啪啪一阵拍照。

当天晚上县电视台报道了县长冒雨救灾抱孩子的镜头。第二天，县报头版头条刊登了县长抱孩子的镜头，孩子笑得很开心。接着市报和市电视台也报道了县长访问灾民的情况，特别是县长抱孩子那个镜头让人难忘，从孩子的笑容中，人们看到了灾民的希望。于是人们注意到了这个孩子，县民政局在给灾民发救灾物资时，特地给孩子多发了几套衣服、多发一袋米；县文教局特地让学校免了他的学费，学校还把他评为“三好学生”；村长还免了他家的农业税……县长抱过的孩子，谁敢怠慢，那个孩子便成了重点保护对象。

几年后，县长调走了，县长成了市长。

新县长依然关注着被市长抱过的孩子，那个孩子如今已上初中，享受着同年孩子没有的各种待遇：他不用交学费，年年是三好学生……各种好处都让他占着。

三月是学雷锋的季节，新县长提出了向市长学习的号召，学习市长舍己救人、大公无私、心系老百姓的精神。于是当年被市长抱过的孩子被推上了演讲台，演讲词都是新县长让人写好了的，那个孩子在台上照着读就行了。

演讲词的大致内容是：那天雷电轰鸣，大雨如盆泼，洪水如一头怪兽冲了出来，孩子被困在房顶上，孩子想完了，就号啕大哭。这是县长冒着生命危险冲了过来，他抓住孩子的手，突然一个浪打了过来，船翻了，县长和孩子掉进水里，市长紧紧抱住孩子不松手，这时武警官兵冲了过来营救，市长说，“我死了不要紧，孩子是祖国的花朵，要想尽千方百计的办法也要把孩子先救起来。”当年被市长抱过的孩子在台上声情并茂，讲到动情处号啕大哭，台下的人也被感染了，纷纷擦泪。

孩子到县上各个学校去演讲，去做报告。

几年后，市长又高升了，当了省长。他把市长的位子留给了那个号召向他学习的县长。

人们对孩子的称呼又升了一级："省长抱过的孩子。"

同学们私下都叫那个孩子"大熊猫"，大熊猫是国宝，人人都宠着，谁都不敢惹他，谁都不敢得罪他，连那个县长见了他都要尊敬三分。

学雷锋的季节又来到了，县长于是组织了一个写作班，把当年省长救灾救孩子的情节重新演绎，把省长塑造成了一个顶天立地、视死如归、不食人间烟火的大英雄。

"省长抱过的孩子"拿着他们写的演讲稿，四处做报告和演讲。县报和电视台也跟踪报道。

县长说，要把省长精神发扬光大，所以不要走过场，要年年讲、月月讲。"省长抱过的孩子"就不用上学了，他已被内定为保送的大学生。他开始到全省做报告和演讲。不用考就可上大学，并且是清华大学，学费也是县上出，面对这么好的事，"省长抱过的孩子"讲得更卖力，声情并茂，泪水涟涟，博得台下掌声一片，哭声一片。

孩子上高三那年，省长出事了。省长因贪污被抓了起来。

报告团立即解散了，孩子保送清华大学的名额也换了别人。

那年，孩子参加高考。孩子整天做报告和演讲，哪有时间学习，可想而知，孩子考砸了，县上倒数最后一名。

孩子无脸见人，悄悄去了南方打工。

后来人们再也没见到他了，偶尔村民提起被领导抱过的孩子，心里就不是滋味。

（获《微型小说选刊》“读者最喜欢的作品奖”）

老校长

山里的秋雨，一下就是阴雨绵绵。

老校长望了望破旧的教室，心里如刀刮般难受，再不维修，这泥坯房教室说不定哪天就倒了。要维修就要资金，可学校哪有钱啊。老校长 20 多岁就在这里教书，一教就是 30 多年，也算桃李满天下。他的学生中最有出息的还是牛蛋，人家现在是教育局的局长。

老校长就把学校情况反映给教育局，他知道国家拨了一些资金到县上，专门用于维修校舍。这事都过去了一年多，依然没见一点动静。

不能再等了，老校长心里想。

雨一停，老校长便去县城，他要找牛蛋好好谈谈。牛蛋毕竟曾经是他的学生，他会给这个面子的。当年牛蛋辍学，要不是老校长把他拉回学校，牛蛋能有今天？

老校长扑了空，牛蛋到市上开会去了。

后来，老校长又去了几次，结果也都是没见到牛蛋。有一次他从早等到晚都没见到牛蛋，心里不免生气，他来回一趟两百多里路，容易吗？

有人给他悄悄指点："要找牛局长，得去县城最好的酒店。"

老校长在酒店里看见牛蛋正在陪客人吃饭，嘻嘻哈哈好热闹。老校长一见心里就来气，他冲了上去："牛蛋，我都找了你好多次了，都找不到你，你原来在这里快活。我们学校再不维修，出了人命，你担当得起吗？"

满桌的人都望着老校长，没人敢直呼牛局长的小名。

牛局长正在陪客人吃饭，其中还有上级，见老校长大呼小叫，立即板下脸："你是谁啊？我怎么不认识？"

老校长心里更来气："国家拨的钱，该不会都被你吃吃喝喝了吧？听说你刚买了辆几十万的小车，该不是也是这上面的钱吧……"

牛局长脸色变了，拍了一下桌子："把这个神经病给我赶出去……"

老校长被保安押了出去。

老校长站在门外，听见牛局长说："这是个疯子，大家不要介意。来，继续喝酒。"

老校长回到学校后病了一场。

乡上的教育专干来看他，责备老校长："当着那么多的人面，你这么说，他能不生气吗？"

老校长说："你消息挺快的。"

教育专干嘿嘿一笑，有点勉强。

老校长说：“当时见了牛蛋就来气，没忍住，我辛辛苦苦跑了几趟，连他人影都见不上，好不容易见上了，他却跑到酒店吃喝去了，原本想好的话被气得说不出来。”

教育专干说：“你这人啥都好，就是脾气犟。牛局长有他自己的打算，听说县上准备把你这学校撤了，合并到镇上。”

老校长说：“啥？”

教育专干说：“撤校合并。”

老校长急了：“该不是那次我大闹酒店后，局长为报复，才撤校并校的吧？这简直是胡搞。山里娃到我这里上学够不容易了，他们好多离家都是十几里，每天天不亮就起来，要翻几座山。好多学生上学还是我劝回来的，如果把这学校撤了，那么他们上学就更远了，有的来回五六十里路，这样不是把他们逼上绝境吗？不行，我得去找牛蛋那狗日的。”

教育专干拉着老校长的手说：“这是上面考虑的事，他们想咋整就咋整，你得为自己的前途考虑一下了，撤校后你怎么办？别老窝在山里，你得抓紧时间想办法啊。”

老校长说：“想啥办法？”

教育专干说：“你我是多年的哥们，从小一块长大的，我给你说几句实话，你可不要把我出卖了。”

老校长说：“你放 120 个心。”

教育专干说：“现在办啥事，光嘴说不行。现在山里教师调到镇上、城里，哪个敢说没送礼？私下里都知道，从大山里调到镇上是 3 万，从偏远的镇上调到城里是 5 万，有的年轻漂亮的女教师把自己都搭了进去……”

老校长听得一愣一愣的：“不会吧？”

教育专干说：“去给牛局长道个歉，认过错，毕竟他曾经是你的学生。顺便意思一下，把你也调到城里。”

老校长说：“我这一辈子从没求过人，叫我给他道歉，他想得美。”

老校长来到城里，直奔局长办公室，这次局长在。

老校长说：“听说要撤校合并？”

牛局长见老校长生气的脸，没有直接回答：“你听谁说的？”

老校长说：“你们简直是胡搞。你做的那些见不得人的事，别以为我不知道。”

牛局长说：“我做了啥事？”

老校长说：“你自己心里清楚，还要我直说吗？”

两人话不投机，最后吵了起来。老校长不怕，拍桌子踢椅子，大闹教育局。

最后还是教育局一帮人把老校长赶走了。

老校长回到学校后，又病了一场。

老校长躺在床上想了几天几夜，最后他终于想通了，为了乡村的孩子们，不能撤校，他最后决定给局长低头，承认错误和道歉。

病愈后，老校长又回到了讲台，认认真真教他的书。放学后，他就写他的书面检讨。

半月后，老校长怀揣“万言”检讨书来到城里，直奔局长办公室，局长没在。

老校长看见一个人，便问：“局长呢？”

那人看了老校长半天：“你到检察院去找他吧。”

老校长心里突然难受，有点疼，他捂着胸口，老校长就纳闷，为何要去检察院去找他？难道局长调走了？

老校长刚走到门口，看门的老头悄悄地说：“局长被双规了。”

老校长站住了，发了一下呆，掏出检讨书就狠狠地撕了。撕完后，奇怪的是胸口突然不疼了。

（原载《中国教师报》《京江晚报》等）

寻找阳光中的孩子

燕山亭是个贪玩的孩子，每次考试，他的成绩总是班上最后一名。

自然，老师和同学都不喜欢他，他的座位也被安排在最后一排。

刚开始，班主任老师很凶："把你家长叫来。"

燕山亭的父亲燕归梁来到学校，班主任把试卷朝他面前一摆，板着脸说："你看看你孩子的成绩，数学 28 分，语文 18 分，我都觉得脸红。"

燕归梁不好意思地说："平时我们都很忙，对他学习是放松了点。"

班主任说："孩子的学习，家长配合也非常重要。你配做一个父亲吗？"

燕归梁有点不高兴："我们单位好多人都把孩子送到国外去读书，国外的教育是让孩子首先学会玩，不像国内填鸭式教育……"

班主任的火一下蹿了起来："跟你无法沟通，要不你把孩子接回家自己教育吧。"

燕归梁笑着说："我随便说说而已，没别的意思。"

燕归梁把燕山亭接回家后，狠狠教训了一顿。

刚开始，燕山亭表现还不错，作业也能按时完成，但过不了多久，燕山亭贪玩的毛病又犯了，经常拖拉作业。班主任就常常打电话，每次燕归梁接到班主任的电话心里就发毛，他知道一定没有啥好事。

那天，班主任又把燕归梁叫到学校来。

班主任说："你的孩子我们尽力了，学习还是跟不上，我建议你给孩子转学吧，以免影响我班的教学成绩。"

燕归梁不高兴地说："你们老师要好好反思一下你们的教育问题，你们都在教学生做什么？学生在受教育过程中没有学会独立思考的能力和方法，而你们仅仅按照既定的逻辑和思路来完成任务而已。现在教师最缺的是师德，我知道你们教学成绩跟奖金挂钩，但你们眼中不要只有金钱，要多一份关爱，多一份责任……"

班主任火了，大声说："你怎么这么说话？"

燕归梁说："我孩子学习不好，你们就叫他转学，这也太过分，如果你们要我孩子转学，我去教育局告你们，孩子现在是义务教育阶段，一告一个准。"

这次谈话不欢而散。

后来，班主任不再给燕归梁打电话了，她对燕山亭不闻不问，放任自流了。

最近一段时间，燕归梁在单位也遇到了烦心事，他处处受排挤，年终考核也不合格，单位领导找他谈话，意思是让他提前内退，在家休养。他才40多岁，正是干事业的时候，一个大男人待在家里不上班，传出去他脸朝哪搁？他跟领导大吵大闹，第二天故意不去单位上班。

燕归梁正在家里生闷气，学校打来了电话，这次不是班主任，是校长。

燕归梁来到学校。

校长开门见山地说："你孩子现在初中毕业了，为了怕你孩子影响我校升学率，我们研究决定，你现在就把孩子带回家，明天就不用到学校来了。"

燕归梁说："不会吧？"

校长说："我说的都是真的，请你谅解。"

燕归梁说："我要去告你们。"

校长说："随你的便。"

燕归梁气得想骂人，他忍住了，气呼呼地把孩子领回了家。

燕归梁真的去教育局告学校，几家媒体也跟着报道，最后事情不了了之，但燕归梁却成了"名人"，学校老师人人皆知。

眼看就要开学了，燕归梁联系了几所中学，人家一听他名字就拒绝了。燕归梁不罢休，终于联系上了一所中学，人家勉强答应了，但前提要交6万的建校费。燕归梁哪有这么多钱啊！

燕归梁一气之下，办了内退手续，他要在家教孩子，他要告诉他们，我孩子不上高中，照样上名牌大学。

燕归梁跟儿子燕山亭好好谈了一次心，燕山亭也认识到问题的严重性，不上大学，今后如何找工作，如何生存？

燕归梁说："上大学一直是我的梦想，原本把梦想寄托在你身上，你却不争气。现在好了，考大学不受年龄限制，我决定陪你一快考大学，我们比比看，看谁考的好。"

燕山亭点了点头。

燕归梁去书店给孩子买了高中课本，制定了学习计划，每天他就在家里教孩子。

有时，燕归梁遇到不懂的问题就去请教学校老师，然后回家教孩子。有的问题他实在没办法解决，就买同步教学磁带或光碟。偶尔也找个大学生做家教。

转眼三年过去了。

燕归梁和儿子燕山亭一同走进考场。

一个多月后，燕归梁和燕山亭接到了北京同一所重点大学的录取通知书。父子俩抱在一起痛苦。

晚报记者齐天乐知道了这一消息，采访了他们，在报上发了一篇长长的通讯，燕归梁和燕山亭顿时成了梦城市民津津乐道的话题。好多没机会参加高考的孩子家长也纷纷找上门来，讨教经验。

开学报到的日子到了，燕归梁和燕山亭一同来到了北京。

后来，燕归梁回到了梦城，他并没有去上大学。

记者又去采访燕归梁，燕归梁说："那些孩子需要我，但他们更需要的是阳光。"

燕归梁在家里办了一个班，不收一分钱，专门招收那些被学校淘汰而没机会参加高考的孩子。

再后来，一所民办高中高薪聘请他去当了老师。据说燕归梁带的班，学生爆满，好多家长都是冲着燕归梁来的，同学们都喊他“教授”。

（原载《教师报》）

◀ 那年冬天的雪花

那年冬天，很冷，雪花很大。

他背着书包，踩着积雪，迎着雪花，朝学校走去。他突然不想去学校，作业没做完，到了学校又要挨老师的责骂。就在这一念之间，他决定逃学，去网吧。

网吧 24 小时营业，他在网吧角落坐下，玩 CS。一直玩到放学时间才回家。

回家后他想到作业没做，到学校一定又会被老师骂死，干脆一不做二不休，明天继续去网吧。他编了一个谎言给母亲："学校要交 300 元补课费。"母亲叹了一口气说："学校整天要钱，这费那费。"母亲嘴上虽然这么说，但还是毫不犹豫掏出钱递给了他。他又偷偷用母亲的手机以家长的名义给老师发短信请假，说他生病了，请假一周。

他每天按照以前上学时间准时起床，然后背着书包去网吧，一直玩到放学时间才回家。就这样，他连续几天待在网吧，直到班主任老师打电话过来问他的病情，母亲才知道他一周没去学校。

母亲立即审问他，他如实交代了去网吧的事。母亲是个老实人，又如实把情况给班主任老师说了，老师听了非常生气，让她第二天带着孩子来学校。

第二天，他诚惶诚恐跟着母亲踩着积雪来到了学校。班主任说:“逃学去网吧，又撒谎，这种情节非常恶劣，按照学校规章制度，要被劝退和开除。”母亲知道了问题的严重性，对老师苦苦求情说：“你看这样行不行，我去医院给孩子开个证明，就说孩子生病了。”班主任是个认真的人:“这不是造假吗？你觉得这样好吗？我已上报教导处，先把你孩子带回去，等学校通知吧。”他在班上，调皮捣蛋，每次考试都是倒数最后一名，老师和同学都不喜欢他，母亲知道老师的意思，老师想要放弃他了，免得拖全班的后退，母亲几乎要下跪，求情说：“老师，求求你，给他一次机会吧。”班主任说：“我做不了主。”

母亲只好带着他回家。

母亲每天看着别的孩子背着书包去学校，她就非常着急。她忍不住给班主任打电话，低三下四，好话说尽，班主任还是那种口气，等学校通知。

一周后，母亲接到了班主任的电话通知，班主任说：“学校为了扭转校风，决定把你孩子当‘典型’宣传，学校决定开除他，明天来学校办手续。”

接完电话，母亲突然哭了。

母亲生气打了他两巴掌；“你看你，现在念初二，才 13 岁，就被学校开除了，今后你该怎么办呢？”

他捂着脸哭了，知道了问题的严重性。

母亲一夜白了头，连续几天都没心情吃饭。

一周后，母亲说："你看你爸下岗了，现在给人家看大门，你妈工资又不高，单位也快倒闭了。你去社会闯荡吧，去打工吧，我们要求不高，你只要能把自己每天饭钱保住就行。我给你联系了一家汽修店，你给人家当小工，洗车擦车吧。"

他点了点头。他跟在母亲身后，踩着积雪，雪地上留下一串串脚印，两人都没说话，只有漫天的雪花飞舞，落在了他的头上、衣服上，有几朵飘进了他的嘴里，他感到了淡淡的苦味……

他们来到汽修店门前，一个老板模样的人走了过来，母亲说："我把他带来了。"

老板打量了他一眼说："好，现在就可以上班了，去把那辆车擦干净，要一尘不染。"

他走过去，端起一盆水，拧了一下抹布，水冰冷刺骨，他咬着牙忍住了。

母亲抹着泪，转身走了。

老板脾气暴躁，动不动就骂人打人，他每天早出晚归，活又脏又累，回家后倒床就睡。他干了两个月，双手冻得开裂，嘴唇裂皮，脚也起了冻疮，身上还有被老板用棍子打的伤痕。每天，他看到背着书包上学的学生，他非常羡慕。这些日子，他突然长大了，感觉到了还是上学好。

一天，母亲问："你想上学吗？"

他说："想上。"

母亲说：“那就好，我重新给你联系了一所学校。”

他又重新回到了学校。学习上他非常刻苦，改掉了一切坏毛病。

初中毕业，他考上了重点高中。

三年后，他考上了清华大学。

那年寒假他回家，大雪飞舞。他路过那家他打工的汽修店，老板见了他非常客气。老板说：“你母亲真是一位伟大的母亲。当年你到我店里打工，我店不缺人，是你母亲苦苦求我，我才答应的，而我给你的工资，就是你母亲给的，我只是转了一下手而已。你母亲还让我打你，你母亲这样做，都是为你好……”

他眼里突然涌满了泪。他迎着雪花，加快了脚步，他只想快点回家，他知道母亲这会一定在家等他……

（原载《百花园》《教师报》，收入多地试卷）

天　才

孩子是个天才，准确的说是个考试天才，只要是考试，孩子准是班上第一名。

孩子的母亲是个教师，父亲是个局长。孩子还在肚子里时，父母就给他制定了宏伟的计划，上名牌大学，出国留学。

为了养成孩子爱学习的习惯，从幼儿园开始，父母就开始实施他们的计划，不准孩子看电视、不准孩子玩游戏，要求孩子按时完成作业，同时给孩子讲大量中外名人成功的故事，他们要把这些故事潜移默化在孩子的脑海里，让他们成为孩子成长的榜样。

孩子也挣气，照着他们的计划成长着。孩子小学、初中、高中一直都是班上的第一名。

孩子上高三时，父母谢绝了一切活动，断绝了跟亲朋好友的来往，他们成了孩子的贴身管家，照顾着孩子的衣食住行，家务活从不让孩子干。孩子的一举一动都在他们的关注中，他们给孩子买各种营养补品，怕影响孩子，他们在家里从不看电视，说话也轻言细语。

高考终于来临，父母请了假，陪着孩子去考场，孩子进考场后，他们就在外边等。

漫长的三天过去了，孩子考完后，父母才长长松了一口气。

高考成绩出来了，孩子考得非常好，全省的高考状元。

记者闻讯后涌进了他的家，面对记者提问孩子不知道说啥。孩子的母亲化解了尴尬的场面："孩子这几天累了，有啥问题就问我吧，我是他的新闻代言人。"

很快，孩子收到了北京某名牌大学的录取通知书。

孩子拿着通知书傻笑了半天，然后就坐在那发呆。

母亲说："我带你出去玩。"

孩子说："没意思。"

母亲说："我带你去看电影。"

孩子说："没意思。"

母亲说，"你想去哪里？"

孩子说："我哪都不去。"

母亲说："那你在家看电视。"

孩子说："没意思。"

母亲说："那就玩游戏。"

孩子说："没意思。"

无论母亲问啥，孩子总是三个字——没意思。后来孩子连"没意思"都不说了，整天坐在那里发呆。母亲问他话，他就呆呆望着母亲一言无语。

连续几天孩子都是这样，母亲想是不是孩子身体不舒服，就带孩子去医院，一检查身体啥都正常，但孩子依然不说话。

母亲偷偷咨询了几个教育专家和心理医生，他们说孩子可能得了考试综合症，只有考试才能提起他的精神，如今没考试他就自然就没精神，就像一个战士，没仗可打他们内心一定就很寂寞。

回家后，母亲说："你今天想吃啥？我给你做。"

孩子木然望着母亲无语。

母亲又重复一遍："你今天想吃啥？我给你做。"

孩子依然木然望着母亲。

母亲毕竟是个教师，她用笔在纸上写道：你今天想吃啥？ A 包子 B 米饭 C 面条 D 稀饭。

孩子接过纸条，突然来了精神，双目炯炯有神，他在"B 米饭"后边打了一个"√"。

母亲非常高兴，看来孩子一切正常，她又在纸上写道：你今天心情如何？ A 好 B 非常好 C 一般 D 糟糕。

孩子高兴的在"C 一般"后边打了一个"√"。

吃完饭后，孩子不看书不看电视坐在房间发呆。母亲见时间不早了，就说，"孩子，睡觉去吧。"孩子木然望着母亲，好像根本没听见母亲说啥。

母亲在纸上写道：你现在的任务是：A 睡觉 B 不得不睡觉 C 一定睡觉 D 还是睡觉。

孩子拿着纸条陷入沉思，最后摇了摇头笑了，用笔在"A 睡觉"后面打了一个"√"，然后乖乖睡觉去了。

开学报到的日子快到了，母亲就开始给孩子准备行李，她突然想到孩子长这么大，他从没做过家务从没洗过衣服，可以说是衣来伸手饭来张口，也从没跟陌生人打过交道，这如何是好？

母亲失眠了。

第二天，孩子把房间翻的很乱，把床都掀了起来，母亲问："孩子，你在找啥？"母亲见孩子没反应，她立即在纸上写道："论述题：你在找啥？"孩子在纸上写道："我做了一个梦，他们都在找童年，我不知道童年是啥东西，我醒来后就找童年……"

母亲眼里有泪，她转身悄悄擦了。

（《小说选刊》《微型小说选刊》《小小说选刊》《读者》《青年文摘》等60余家报刊转载）

一串红红的冰糖葫芦

儿子的学校在十字路口的东南角，我每天接儿子放学路过十字路口时都要遇见一个衣着破旧，目光呆痴的女人，她手上拿着一串红红的冰糖葫芦，看上去很滑稽。刚开始我没在意，后来经常遇见她，无论天晴下雨她都站在那里，目光痴痴地望着校门口。

“你看见阿毛没？”一天，她拦住我问。

“阿毛是谁？”

“阿毛是我儿子，上小学三年级。”女人脸上扬起了笑容。

我笑了笑：“对不起，我不认识他。”

女人的眼睛突然发亮，直盯盯看着我的儿子说：“我的儿子阿毛跟你的孩子差不多大，长得也很像……”她伸出手想摸我儿子的头，我看见她的手又黑又脏，带着儿子赶紧走了。

女人长长叹了一口气。

后来，我经常看到这一幕。

“你看见阿毛没？”一天，她拦住行人问。

“阿毛是谁？”

“阿毛是我儿子，上小学三年级。”女人脸上扬起了笑容。

行人笑了笑：“对不起，我不认识他。”

女人的眼睛突然发亮，直盯盯看着行人的儿子说，“我的儿子阿毛给跟你的孩子差不多大，长得也很像……”她伸出手想摸行人儿子的头，行人看见他的手又黑又脏，就带着孩子赶紧走了。

女人长长叹了一口气。

一个下雨天，路上行人很少。我带儿子过马路时，看见十字路口一个背着书包的小男孩被一辆飞驰的小车撞飞了起来，小男孩像一只蝴蝶般飞了起来，落在几米外，鲜血染红了地面……司机也许吓蒙了，车嘎地停了下来，但司机一直没下车。这时路上围了好多人，远远地望着，人们都在看热闹，没有一人报警。

司机突然发动车，他想溜。

“阿毛！”突然，那个乡下女人冲了过去，她跑得飞快。

小车已启动了，女人身子一跃抓住车门。小车跑得飞快，几乎拖着女人在跑，女人一直死死抓住不松手。那个司机见女人不要命了，要跟他拼到底的样子，司机无奈地停下来。女人拽开车门，没想到瘦小的她哪来得这么大的力气，她拽出男人，扬手就是几巴掌：“我叫你跑，快去救人……”

女人抱起躺在地上的小男孩，她泪水长流，鲜血染红了她的衣服。

女人拦了几辆车，没有一辆车停下。

女人抱着孩子跪在马路中央。

终于一位好心的女司机停了下来。

一个月后，我在十字路口又遇见了那个女人。

“你看见阿毛没？”她拦住我问。

我笑了笑：“没有。”

女人叹了一口气。

我说：“那天好危险，你儿子没事吧？他出院后还好吧……”

女人说：“那天那个小男孩不是我儿子阿毛，我也不认识他，好在经过抢救，那小男孩终于活了下来。”

我一惊：“他不是你的儿子，你为什么还要奋不顾身地去救他呢？”

“这是做母亲的责任心和爱心。”

女人泪水流了出来：“他死了。”

于是女人给我讲了她和她孩子的故事。女人来自乡下农村，她和她丈夫没多少文化，就在城里卖菜，每天半夜起来就到几十里外的地方去批发蔬菜，几乎风雨无阻，8岁的孩子就在附近的学校上三年级。不久，丈夫因疾病去世了，女人于是撑起了这个家。女人每天都很忙，自然就顾不上孩子。穷人的孩子早当家，他明白了妈妈的辛苦，每天自己上学，不像别的孩子家长接送。学校附近有卖冰糖葫芦的，阿毛看见别的孩子买着吃，只咽口水，他也想吃，他从来没吃过，那一串串的红豆豆深深地吸引住了他的目光。阿毛看到别的同学吃得津津有味，他想吃得欲望越来越强。阿毛终于鼓起勇气给他妈说：“妈，我想吃冰糖葫芦。”女人说：“等你考试成绩在95分以上，我给你买。”阿毛点了点头。女人没想到第二天阿毛就永远离开了她。那天，下着雨，阿毛在过马路时，突然一辆小车冲了过来，阿毛躲闪不及被撞出了几十米远，他像一只蝴蝶般飞了起来，落在地上，鲜血映红了地面，司机没有下车去救人，反而开着车跑了……

我明白了那天女人为何奋不顾身的去救那个小男孩了，她憎恨逃逸的司机，更是一个善良的母亲被责任和爱心支撑着的一个伟大的母亲。我说："那逃逸的司机找到没？"

女人说："还没有，我一直都不相信我儿子已死了，总感觉儿子就在我眼前，我每天都要在儿子出事的地方等儿子放学回家，我给他买了一串冰糖葫芦……"

女人手上拿着一串红红的冰糖葫芦，那一颗颗就像一颗颗的红心在阳光下金光闪闪……

后来，我再也没见到那个女人了。

转眼几年过去了，我一直在怀念那个女人，也不知道她现在情况如何？

（收入《收获灵感和感动：60位著名作家与青少年共同阅读》）

山垭狗蛋乌龟

师范毕业后，我分到深山里的一所山垭小学，那年我20岁。

山垭小学只有一位老师，家长们习惯叫他老校长。老校长已是60多岁了，本来早就该退休了，但这所小学一直没有老师愿来，就是来了顶多待过半年就走了。老校长老了，教书已感到吃力了，县教育局就把我分到这所偏僻的小学接替老校长的工作。

老校长给我交代完工作后，他竟给我跪了下来，他说：“山里虽穷，但这些娃们憨厚老实，聪明可爱……虽有个别调皮捣蛋学生，如狗蛋，但他们本质都是好孩子。我希望你能留下来。”我扶起老校长说：“你放心，我会留下来好好教他们的。”

山里空气很好，校园四周开满了各种野花，校园时时飘荡着好闻的清香。课余，我带学生去爬山采摘野花或去小溪里捉鱼捉虾，我的生活过得很充实和美好。

这种甜蜜的生活很快被女友的一封分手信击碎了。信很短，她说面对现实她不得不做出选择，年底她将结婚，嫁给一位局长的儿子，同时工作也将从山村小学调到县城小学。看完女友的分

手信，我泪水长流，四年的感情被现实轻轻一撞就破碎了。我的精神几乎崩溃，上课也无精打采，有时动不动就发脾气

我终于病倒了。

我强打着精神上课，我像以往一样开始点名，当我点到狗蛋时，他匆匆跑来，站在教室门口大声应了一声。学生们哄堂大笑。我抬起头说："我十次点名你九次都不在，今天太阳怎么从西边出来了？你昨天和前天为啥没来上课？"狗蛋低下头不语。我早就想收拾狗蛋，他好几次把死青蛙塞在别的学生书包里，学生上课时吓得大哭大叫。但狗蛋死活不承认是他干的坏事，反而一本正经为我要证据，弄得我好几次都下不了台。这时一只乌龟从狗蛋的身边爬了出来，几个学生吓得尖叫起来，教室里顿时大难。狗蛋嘿嘿一笑，"胆小鬼。"然后伸手提起乌龟把它塞进网兜里。

我生气地走到狗蛋面前："这次看你怎么狡辩。"狗蛋低着头说，"我不是故意的。""你还有理。"我伸手一巴掌打在他的脸上，他的脸上呈现几个指印。

放学后，我把狗蛋留下来让他写检讨。

天都快黑了，狗蛋没写一个字。

我大声吼道："你为啥不写？"

狗蛋理直气壮地说："我没有错。"

我拍着桌子说："你脸比城墙转拐都还厚，把死青蛙塞在学生书包不说，你还弄只乌龟来吓人……"

狗蛋红着脸说："死青蛙是毛娃干的，不是我干的。那天毛娃把死青蛙朝别的同学书包里塞时被我看见了，他说我如果告诉

老师真相，他们就要打断我的腿，所以我不敢说。”

我的怒火熄了一半：“你为啥弄只乌龟吓人？”

狗蛋流着泪说：“老师，我看你生病了，听奶奶说乌龟是大补的，我就去河里捉乌龟，我守了两天两夜才捉到这只乌龟……”

我这时才注意到狗蛋手上有个小伤口，那一定是乌龟咬伤的。我鼻子一酸，紧紧抱住这位自小失去父母的孤儿，我泪水流了出来……

后来，由于种种原因，我还是离开了山垭小学去了省城。转眼间十年过去了，我脑海里时时浮现出狗蛋的身影，也不知他现在过得怎样……

（原载《中国教师报》《青年博览》）

简单与复杂

那年师范学校毕业后，我被分到深山里的一所学校教书。

学校位于海拔 1700 米的山顶上，复式教学 1—5 年级，老师只有我一位。山里的孩子很调皮，而且学校没有水，吃水要到山下去挑，每天我累得苦不堪言。后来，我想了一个办法，在课堂上开始提问，谁要回答不出来，就去山下提水。

一天，我叫小毛背诵李白的《望庐山瀑布》，结果他没背出来，我就叫他去提水。那天天上飘着毛毛细雨，小毛一不小心滑倒了，扭伤了脚，水还泼了他一身。结果小毛的父亲气势汹汹来到学校大骂了我一顿。我感到心里很委屈。那夜，我在山顶坐了一夜，我想了很多，下定决心要离开这贫瘠的大山。

就在我打算准备想调走时，一位白须子老爷爷牵着他的孙子来到我的房里，老爷爷指着他的孙子说：“叫刘老师！”小男孩怯怯叫了一声，然后躲到他爷爷身后去了。老爷爷接着说：“你不能走，因为咱们这里没文化，所以才穷。”我问：“你怎么知道我想走？”老爷爷说：“每次分到这里的教师顶多干过一年就走了。这样来来去去不停地换老师，结果是耽搁了孩子们。我们爷孙俩向你叩头，请你一定留下来。”老爷爷和他孙子在我面前跪了下来。我连忙扶起他们，说：“快起来，我答应你们的条件。”

第二天，我起床时，发现房外的水缸装满了水。后来，天天如此，我明白了是学生家长轮流给我挑水。我心一暖，多么质朴的乡亲啊。同时我也发现，学生们突然懂事多了，再也没发生过打架骂人，课堂捣乱之类的事了。那年全区统考，我班获得了语、数全部第一名。

整天叫学生家长给我挑水，我心里很不是滋味。我想如果在山上安装个水泵，那么不就解决了我的吃水问题吗？同时不也解决了村民吃水的问题吗？此法一想，我异常的激动和兴奋，当晚就给县政府，县教育局写了一份申请报告。

两个月后，我见没动静，我知道如今办事没有关系，没有“贡品”是不行的，我于是买了十几个紫阳茶和黑木耳之类的当地土特产送给了有关领导。

半年后，见没动静，我又买了一些土特产送给了有关领导。结果还是没有动静，这下我失望了。

一次，我去区上参加先进教师表彰大会。在会上我认识了一位老头，我给他谈起了我校的情况。老头说：“这事情很好办，我是县人大代表，到时我把你的情况在县人大会上提出来……”我给他敬烟，老头摆了摆手说，“不会。”

一个月后，县教育局把两万元的支票送到了我们手中。

不久，一座崭新的水塔建立起来。学生们围着哗哗流水的龙头高兴地又唱又跳，这时，我的泪水也流了出来……我要感谢那位老头，他和我素昧平生，至今都不知他姓啥，他连我的一根烟都没抽就把我们的事办成了。生活中，有一些事情原来很简单，是我们自己把它搞复杂了。

在现实生活中，常常会有人被世俗的东西所累，把这个世界想得多么复杂，其实生活中有一些事情原来很简单，是我们自己把它搞复杂了。作为教师，干好我们本职工作才是重要的，要相信人间有大爱。

（原载《微型小说选刊》）

偷 窥

大学毕业后，我分到秦巴山区一所叫苦瓜村中学的地方任教。

我被安排带初三的慢班，所谓的慢班就是差生班，学生们的学习成绩不好，他们经常迟到旷课，作业不做，搞恶作剧、打群架……学校对他们已不抱任何希望，就听之任之。在没有老师愿当慢班班主任的情况下，年轻气盛的我决定勇担重任，我不想让这些孩子白白浪费青春。

当我推开教室门的时候，一把扫帚落在了我的头上，同学们哄堂大笑起来，没想到迎接我的却是这样的场面。我强忍住泪水开始给他们讲课，但班上乱哄哄的，做小动作、说话，他们仿佛没有我这个老师存在。我想起了一位老师曾给我说，第一堂课要给学生们一个下马威，否则以后镇不住他们。擒贼先擒王，我早就听说王志强是班上的“猴王”，好多坏事都是他在操纵的。我把目光盯向他，他在一张纸上画了一个什么，然后揉成一团扔给前排的同学，学生们打开一看哄堂大笑，然后又扔给别的同学。我捡起纸团打开一看，纸上画了一个裸体女人，上面写着我的名字，我生气地把纸揉成一团扔在他的脸上，而后又打了他一巴掌，他愣愣地站在那里，班上顿时鸦雀无声。

自我收拾了王志强后，班上的风气顿时有了好转。

转眼夏季到了，学校没有澡堂，每天洗澡都是在宿舍里洗，而男老师都在校门前的小河里去洗，在一位女老师的纵容下，晚上我们偷偷也来到了小河，在一棵大树下，我们脱了外衣，水有点冷，我不敢下去， 那位女老师一把抓住我把我拖下水，我惊叫了起来，我们在水中嬉戏着。突然我听到了有点响动，我抓起衣服大声喊道："谁？"借着朦胧的月光我看到一个单薄的背影在草丛中飞快地跑了，背影有点面熟，但我又不敢确定是哪位。

从那天以后，我再也不敢到小河里去洗澡了，一想到那双眼睛我就有点不寒而栗。

一天晚上，我在宿舍里洗澡时，我听到了窗外有点异常，我迅速穿上衣服拉开门，那人撒腿就跑，我追了上去，抓住了他，借着路灯我看清楚了那张脸，他就是王志强，我气得打了他一巴掌，并骂了一句流氓。

第二天，王志强一直低着头上课，他不敢看我的目光。下课时他跟在我身后一直到办公室，他说：" 刘老师，你不要告诉校长，我……"我不耐烦地说："你不要解释了，我一见你就恶心。"我考虑了好久，最终还是把王志强的事告诉了校长，但我做梦都没想到的是学校做了对王志强开除的处分。

后来，我离开了苦瓜村中学，去了省城一所学校。

转眼间 20 年过去了。一次一位朋友叫我陪他去观看一位全国著名青年画家的画展，朋友突然惊叫起来，他指着一幅油画说："这不是你吗？"顺着朋友的手指我看了过去，那幅画上的人就是我，我的脸突然红了，我低下头准备离开时，却撞在了一位男子的身上，那男子说："刘老师，我就是王志强。"我吃惊地说："你就是这次画展的作者？"王志强点了点头，我顿时明白了，这幅画就是当年王志强偷窥的"结果"，我傻呆呆地站在那里不知该说些什么。

王志强说："刘老师，你的身材太美了，充满青春的活力和朝气，简直是艺术上的珍品，难道你没感觉到吗？"我抬起头，仔细打量了一下画中的我，从没发现我竟有这么美，我不由得为当年对王志强的误解愧疚不已，我恨不得地上有个洞能钻进去……

（原载《微型小说选刊》）

第二辑

爱的浪花

古典女孩

宋辞的父亲是位教古典文学的教授，也许是受了父亲的影响，她从小就会背100多首唐诗宋词，父亲每次带她到朋友家去，朋友就逗她，给伯伯背一首诗。宋辞就说你随便点一首诗。朋友点了几首不常背的诗，宋辞出口成章，很流利地就背完了。朋友赞不绝口，这时父亲的脸上溢满了笑容和自豪。

转眼间，宋辞大了。长大了的宋辞痴迷上了那些婉约派的词，词中的意境美、形象美、语言美，让她感动不已，有时独自在月下吟诗时，她常常沉醉在诗词中而落泪。班上的女孩见宋辞整天抱着唐诗宋词在谈，就给她起了一个外号叫“古典女孩”。班上的女生几乎都有了男朋友，宋辞也不甘落后，她也想谈一个男朋友，但她谈男朋友的标准是必须也喜欢唐诗宋词。

这时，一位叫唐歌的男生开始疯狂地追宋辞了。他们第一次约会的地点是校园内的紫藤树下，月光婆娑地在宋辞的脸上，宋辞看上去更迷人了。唐歌情不自禁地就去握她的手，宋辞把手缩了回来。她说：“你喜欢唐诗宋词吗？”唐歌朗声道：“喜欢！”

宋辞说："你喜欢那些人的诗？"唐歌说："当然是李白、杜甫、白居易的诗。"宋辞笑着说："你能随便背一首唐诗宋词吗？"唐歌上中学时也学了不少古诗，但大都忘了，让他完整地背一首他却为难了，他脑子不停地转动，这时他想到了前些日子教 3 岁侄儿时的那首《锄禾》，便高兴地大声背诵："锄禾日当午，汗滴禾下土。谁知盘中餐，粒粒皆辛苦。"宋辞心想，这简直是小学一年级的水平，她捂住嘴不让笑声露出来。接着她又问："这首诗的作者是谁？"唐歌想了半天，然后说："好像是李商隐。"宋辞"卟"的一声笑了："不是李商隐，而是李绅。这么简单的问题，你都不会。对不起，Bye—Bye！"唐歌呆呆地望着宋辞的背影消失在女生楼前，他发誓，他一定要追到宋辞。唐歌再约宋辞时，宋辞就婉言谢绝了。

唐歌不罢休，每天给宋辞写一封信，而宋辞连信都懒得拆，就顺手扔了。

宋辞过生日那天，她收到一束唐歌的玫瑰花，宋辞对自己的生日从没张扬过，她心里虽有一阵感动，但她对唐歌说："你死了这条心吧，世上比我好的女孩多得很。"唐歌勾着头，默默地走了。

从那以后，唐歌再没找过宋辞。

一年后，唐歌和宋辞大学毕业了，都踏上了社会。

宋辞分在一家出版社做编辑，忙碌的生活，使她很快便忘了唐歌。后来，宋辞又谈了几个朋友，但都终因对方不会唐诗宋词而分手了。不知不觉，宋辞的父母却急了，便托朋友纷纷为宋辞物色对象。宋辞的父母挑选了一位优秀的男子，在父母的押送下，宋辞来到了约会的地点。

宋辞大吃一惊，她没想到那个人竟是唐歌，她笑着说："世界很大，也很小。"

唐歌说："这些年来，我一直在等你……"

宋辞笑着说："太肉麻了吧！你会背唐诗宋词了吗？"

唐歌说："自那次分手后，我也迷上了唐诗宋词，特别是那些伤感的诗作，如柳永的《雨霖铃》，李煜的《虞美人》，秦观的《鹊桥仙》，李清照的《声声慢》，陆游的《钗头凤》……"

宋辞笑了笑，说："那我考虑一下，这次我不让你背诗，而让你指出诗或词的出处。'无可奈何花落去，似曾相识燕归来。'"

唐歌说："出自晏殊的《浣溪沙》。"

"春心莫共花争发，一寸相思一寸灰。"

"出自李商隐的《无题四首》第二首。"

"多情只有春庭月，犹为离人照落花。"

"出自张泌的《寄人》。"

"细雨梦回鸡塞远，小楼吹彻玉笙寒。"

"出自李憬的《山花子》。"

……

宋辞笑着说："几年不见，没想到你对古诗挺有研究的，连我这个'古典女孩'都考不倒你了。"

两人很快就好上了。

半年后，宋辞和唐歌终于结了婚。

婚后，唐歌早出晚归整天忙于公司的事务，这样就没有时间花前月下读那些诗词了。而宋辞却每天临睡前总要背一首古诗，品尝一下诗中的意境。

结婚一周年的纪念日，宋辞做好了饭菜等唐歌回家，而唐歌半夜满身酒气才回来。宋辞说："你知道今天是什么日子吗？"唐歌说："不知道。"宋辞叹了一口气说："你会背诵一首唐诗宋词吗？"唐歌笑着说："我学的诗怎么全完了，你让我完整背一首，还真有点为难我。"宋辞说："你不会是小学一年级的水平吧。"唐歌恍然大悟地说："幸好我还记得《锄禾》这首诗，我背给你听。"宋辞打断他的话，"够了！"唐歌不屑地说："如今的人都忙于挣钱，哪有闲情逸致背那些破诗。"宋辞说："那你当初为啥喜欢上唐诗宋词的呢？"唐歌笑着说："还不是为了得到你。"

宋辞说："你不是唐歌吧？"唐歌说："我就是唐歌。"宋辞叹了一口气说："你不是唐歌——"宋辞说完这句话时已是泪流满面……

（原载《小小说选刊》）

爱的密码

林萧萧和姚木兰再相见，是在20年后的同学会上。

姚木兰望着林萧萧一笑，林萧萧也望着她一笑，岁月是把杀猪刀，在各自的脸上留下了印记，但双方第一眼都认出了对方。

“这些年来，你过得好吗？”林萧萧问。

“离婚了，带着女儿，女儿都上小学了。工厂倒闭了，我现在经营一家小店，勉强能过日子。”姚木兰淡淡一笑。

“自己当老板，也不错啊，不用看别人的脸色。”林萧萧说。

姚木兰一笑：“你别笑话我了，我昨天才听同学们说，这次同学聚会是你赞助的，你才是真正的大老板，资产都过亿了。”

林萧萧一笑，没有否认。

姚木兰说：“当时你走时，我还你的书——《京华烟云》，我在书里夹了一张书签，那是我自己做的，书签漂亮吧？”

林萧萧说：“很漂亮，书和书签我一直珍藏着呢！”

往事顿时浮现在林萧萧面前，那时，林萧萧和姚木兰在同一所初中读书，在同一个班，那时男生和女生不太怎么说话，仿佛之间隔着一道无形的鸿沟。他们都喜欢看书，姚木兰常常向他借书看，她喜欢林语堂的散文，林萧萧就想尽办法弄些林语堂的书给他看。有一次暑假，他从图书馆里偷了一本林语堂的小说，书名叫《京华烟云》，他之所以要偷这本书，因为书中有个人物跟姚木兰同名。林萧萧偷得这本书后如获至宝，一口气读完，然后去找姚木兰，他开玩笑地说："姚木兰，你上书了，林语堂把你塑造成了一个有勇有谋，外柔内刚，清丽大方、貌美如花的女中豪杰。"

姚木兰不信："你别胡扯了，快把书借给我看看。"

姚木兰拿过书一翻，果然看见自己的名字，她脸一下红了，如桃花。

两人因书走得很近，成了无话不谈的好朋友了。情窦初开的林萧萧喜欢上了姚木兰，他给她写了一封情书。姚木兰第一次收到情书，又惊又喜，她不知道该怎么办，她一直是个品学兼优的好学生，又是班干部，她忐忑了几天后，做出了一个大胆的举动，她把情书交到班主任手中了。班主任是个快要退休的女老师，她看了信后非常气愤，公事公办，她把信交到校长手中。学校为了树立班风和校风，上纲上线，刚好差个典型，就把林萧萧作为典型开除了。为了生计，林萧萧就去南方打工。他走的这天，姚木兰心里很愧疚，她没想到会是这种结局，她把《京华烟云》还给他，说了一声对不起就走了。林萧萧拿着书上了火车，他翻开书看见了一张书签，书签上写了一串串数字，书和书签散发着淡淡的沁香，是姚木兰身上的那种味道。为了让这种味道永久保留下去，他就把这本书密封起来，不敢轻易地去打开。后来他流浪了几个城市，这本书一直随身携带着，这本书给了他前进的动力，他从一个打工仔慢慢成为一个大老板，把家安在了省城，还把父母也接到了省城。

“林总，我们敬你一杯！”同学们举着酒杯围了过来。

林萧萧回过神来：“不好意思，刚走神了。”

有同学开玩笑说：“林总，是不是想初恋了？”

同学们开始起哄，要林萧萧和姚木兰喝交杯酒，林萧萧有点为难，姚木兰落落大方走了过去，挽着林萧萧的手臂，双目对视，姚木兰举起了杯，林萧萧看见了她眼睛湿润了。

同学们掌声雷动：“好事成双，再喝一个。”

他们又喝了一个。

散席后，同学们又去 KTV 唱歌。姚木兰说：“我不去了，孩子还在家里。”林萧萧说：“我送你回家吧！”姚木兰说：“不用了。那时年少不懂事，回家把书签扔了吧。”说完转身就走了，把林萧萧冷在了那里。

街上风很大，冷冷的。

第二天，林萧萧迫不及待地回到了省城。回家后，他打开保险柜，从里面拿出《京华烟云》，抽出书签，仔细看了看那组数字：520，1392010。584，5682177778，12234，1314，20999，20863，5203344587，2010000。姚木兰为什么多次提到这个书签，这难道是一句话？他用手机开始百度这组数字，看看这组数字到底是什么意思。他终于破译出来了，这组数字的意思是：我爱你，一生就爱你一人。我发誓，我要伴你一起去吹吹风，与你爱相随，一生一世，爱你久久久，爱你到来生，我爱你生生世世不变心，爱你一万年。

林萧萧把书签放到鼻子前闻了闻，他感觉那种香味依然还在，鼻子深吸了几下，眼里突然滚出几滴泪水。

（“林语堂杯”小小说大赛优秀奖）

◀错　爱

诗人爱上了一个女孩，爱得刻骨铭心。

诗人每天给女孩写一首诗，刚开始女孩很感动，看得泪流满面。后来，女孩平静了下来，收到诗歌只是淡淡一笑，仿佛什么也没发生。

诗人急了，直接去找女孩。诗人说，我喜欢你啊！

女孩说，我知道。

诗人说，你喜欢我吗？

女孩只是笑，也没说喜欢或不喜欢，笑够了才说，你说呢？

诗人说，我会让你喜欢上我的。

女孩又笑了笑，像只蝴蝶飞走了。

情人节，诗人想给女孩送玫瑰，他到花店一问，一束花要价一两千，诗人犹豫了，最后写了一首诗歌。

诗人去找女孩。诗人说，我给你写了一首诗歌。

女孩看了看有点感动，眼睛有点红。

诗人说，我喜欢你啊！

女孩说，我知道。

诗人说，你喜欢我吗？

女孩只是笑，也没说喜欢或不喜欢，笑够了才说，你说呢？

诗人说，我会让你喜欢上我的。

女孩又笑了笑说，我有事，先走了。女孩像只蝴蝶飞走了。

诗人依然每天给女孩写一首诗，他写了厚厚几大本，他拿着诗稿去找女孩，诗人说，嫁给我吧。

女孩笑了笑说，我还没想好。

诗人很郁闷，去酒吧喝酒，他做梦都没想到的是遇见了多年没见的老同学拐子，老同学拐子现在是个大老板了，很有钱。老同学听了诗人的诉说，老同学眼睛亮了，世界上竟还有这么美丽善良而清纯的女孩？回头给我介绍认识一下。

诗人说，没问题，我把她电话号码告诉你。

诗人每天都闷在家里给女孩写诗。

转眼几个月过去了，诗人又去找女孩。

女孩拿出请帖递给诗人，女孩说，下个月我就结婚了，到时你一定要来啊。

诗人说，你开玩笑吧？

女孩说，你看我像开玩笑吗？

诗人一下蒙了。

过了半天，诗人说，跟谁结婚？

女孩说，到时你来不就知道了。

女孩又笑了笑，像只蝴蝶飞走了。诗人知道这只蝴蝶将永远地飞走了。

女孩婚礼这天，诗人准时参加。诗人没想到的是，新郎竟是老同学拐子，诗人顿时像电击一般，浑身战抖，随即像死鱼一般一动不动，面无表情。

诗人喝了一口酒，他走到老同学拐子面前，他把拐子拉到一边问，你是怎么把她追到的？

拐子笑了笑，先给她写诗啊！

诗人一惊，笑话，你会写诗？

拐子笑了笑，北岛的诗——《生活》只有一个字：网。简洁的一个字，却简洁出了一个世界，简洁出一个人生，概括了芸芸众生生活状态，揭示了世界的错综复杂，也道出了人生的艰辛……

诗人挥了挥手，停停，别给我讲这些，这些我比你懂。你把你写的诗歌念给我听听。

拐子说，我的诗歌《女孩》也很短，只有三个字：我爱你。

诗人笑了，你这也叫诗？

拐子说，关键看你写在哪里，你不知道吧，我用 30 万人民币让花店给扎了一朵大红玫瑰，其中一张花心上就写了我爱你这三个字，你要知道当时女孩好感动哦。后来我送了她两样小礼物，她就嫁给我了，就这么简单。

诗人问，你送她的是什么小礼物？

拐子说，两把钥匙。

诗人说，金钥匙？

拐子拍了拍诗人的肩膀说，非也，普通的钥匙。一把宝马车的钥匙，一把别墅的钥匙。现在你懂了吧，别写你那狗屁诗歌了。

诗人一拳打倒了拐子，然后目光呆痴地走了。

诗人漫无目的在街上走，最后他爬上了高楼，目光依然呆痴，面无表情，突然他大喊一声“我要飞翔”，然后张开双臂像只小鸟一跃，飞了下去……

当地晚报报道了诗人自杀的消息，还提到了诗人写给女孩的诗歌，一家出版社嗅到了商机，把这些情诗结集《写给女孩的情诗》出版了。媒体把诗人称为“当代的海子”，媒体一炒作，诗人一下出名了，书大卖特卖。

每年清明，诗人的坟头聚满了来自全国各地的女孩，他们都是被诗人的诗歌感动而来的。

女孩们一边烧纸一边嘤嘤地哭，为啥不是写给我的？如果是写给我的，我立马嫁给你！

可惜，诗人听不到了。

（2021“武陵杯”世界华语微型小说年度奖）

红宝石戒指

女孩初中毕业后去城里打工。

刚开始，女孩在一家酒店里当服务员，女孩长得漂亮，人有聪明，深受大家喜欢。

一个阔太太经常来酒店吃饭，她注意到了女孩，她说："你愿不愿意到我家当保姆，管吃管住，每月 5000 元。"

女孩心动了，她在酒店累死累活，每月才 3000 元。女孩说："真的吗？"

阔太太说："当然是真的，现在就可以跟我走。"

阔太太开着豪车，领着女孩来到一栋花园式别墅，这栋别墅共三层，屋里装修豪华，女孩看得眼花缭乱："你的房子好漂亮啊！"

阔太太笑了笑："你每天的任务就是帮我打扫一下房间，偶尔做点饭。"

女孩不解地问："偶尔做点饭，不是天天都要做饭吗？"

阔太太说："我常在外边吃，想吃啥就吃啥。"

阔太太经常不在家，要么就是开着车去兜风，要么就去美容院或健身房，女孩每天把房间收拾完毕就坐在阳台发呆，她好羡慕女主人，人家过得才潇洒啊，这才叫生活。

女孩来阔太太家一个多月了，她奇怪的是一直没见男主人，她想问，几次都忍住了，阔太太交代过，不该问的就别问。

初春的阳光洒满院子，阔太太躺在阳台的躺椅上晒太阳。女孩冲上一杯咖啡端了过去，这时阳光照在阔太太手上的红宝石戒指上，璀璨夺目，女孩说："你的戒指好漂亮。"

阔太太说："你知道这戒指价值多少钱吗？"

女孩摇了摇头："挺贵的吧。"

阔太太说："100多万。"

女孩大吃一惊："100多万？"

阔太太说："是的，100多万。"

女孩眼里充满羡慕，因激动说话就有点结巴："妈啊，咋这么贵啊，怪不得这么漂亮！"

阔太太叹了一口气："它再漂亮，在我眼里它不过是一块普通的石头而已……"

这么贵重的东西在女主人眼里怎么就是一块普通的石头而已，女孩想问，忍住了。

一天，男主人终于回来了，男主人见了女孩眼光都直了，他色眯眯地说："想不想到国外逛逛？我带你去欧洲开开眼界。"

女孩低着头不语。

男主人就去摸女孩的脸，女孩闪在一边，她怕女主人看见。

这一切都躲不过女主人的眼睛，她找了一个借口辞退了女孩。

这次，女孩没去酒店当服务员，她去了夜总会，女孩想赚钱，女孩想戴红宝石戒指。

一个大款走进了她的视野，大款出手大方，送给了女孩一枚价值 100 万的红宝石戒指，女孩戴着戒指非常高兴，女孩就跟大款走了。

大款领着女孩来到他的别墅，他把女孩包养了。

大款给女孩买了一辆红色跑车。女孩也不知道大款在忙啥生意，反正十天半月不回家，女孩也不问。大款每月给她十万零花钱，女孩开着车经常去兜风，去美容院去酒吧，女孩就经常露出手上硕大的戒指，引来人们羡慕的目光。

大款常不在家，女孩越来越懒散了，家里的卫生也懒得打扫，她就想找一个保姆。女孩在常去的酒吧注意到一个漂亮的女服务员，小女孩才 18 岁，她说："你愿不愿到我家当保姆，管吃管住，每月 5000 元。"

小女孩说："真的吗？阔太太！"

"当然是真的，现在就可以跟我走。"

女孩领着小女孩来到她的别墅，小女孩看得眼花缭乱："你的房子好漂亮啊！"

女孩笑了笑："你每天的任务就是帮我打扫一下房间，偶尔做点饭。"

小女孩不解地问："偶尔做点饭，不是天天都要做饭吗？"

女孩说："我常在外边吃，想吃啥就吃啥。你以后就叫我女主人吧。”

女孩经常不在家，要么就是开着车去兜风，要么就去美容或健身房，小女孩每天把房间收拾完毕就坐在阳台发呆，她好羡慕女主人，人家过得才潇洒啊，这才叫生活。

小女孩来女主人家一个多月了，她奇怪的是一直没见男主人，她想问，几次都忍住了，女主人交代过，不该问的就别问。

初春的阳光洒满院子，女主人躺在阳台的躺椅上晒太阳。小女孩冲上一杯咖啡端了过去，这时阳光照在女主人手上的红宝石戒指上，璀璨夺目，小女孩说：“你的戒指好漂亮。”

女主人说：“你知道这戒指价值多少钱吗？”

小女孩摇了摇头：“挺贵的吧。”

女主人说：“100 多万。”

小女孩大吃一惊：“100 多万？”

女主人说：“是的，100 多万。”

小女孩眼里充满羡慕，因激动说话就有点结巴：“妈啊，咋这么贵啊，怪不得这么漂亮！”

女主人叹了一口气：“它再漂亮，在我眼里它不过是一块普通的石头而已……”

女主人眼里突然涌满了泪水。

（原载《小说月刊》2023 年第 5 期）

◀回　家

一进入寒冬腊月，燕子心里就开始纠结这个问题，今年到底回不回老家过年？其实她的心早就飞到了老家，她已经20余年没回老家了，感觉一直没有脸回去。

燕子是独生女，父母都是小学教师，她从小就被父母当宝贝宠着。燕子幼师毕业后在幼儿园当老师，燕子到了谈恋爱的年龄。燕子整天就做她的白马王子的梦，幻想着白马王子突然能出现在她的面前。

这一天终于到了。那天她下班已很晚，走到小巷时突然出现了几个流氓围住她，燕子大喊救命，白马王子出现了——一位年轻的小伙子三拳两脚就打跑了流氓。小伙子扶起燕子说："我送你回家。"燕子非常感动，这样他们就认识了。

小伙子姓陈名军，长得英俊潇洒，能说会道，很讨燕子的喜欢，他们很快就坠入了爱河。

燕子看时机成熟，就带陈军去见她的父母。燕子的母亲见小伙子很面熟，仔细一看大吃一惊，不就是那天在公共汽车上偷她钱包的那人吗？那天她及时发现，抓住了他的手，他挣脱她的手，还打了她一拳就跑了。燕子母亲的脸一下就阴了下来，她就坐在一边不理陈军。

陈军很尴尬，坐了一会儿就走了。

陈军一走，燕子母亲就给燕子父亲说："小伙子手不干净，上次偷我的钱被我抓住了，他还打了我一拳。"

燕子父亲就对燕子发脾气，"你以后再也不准和他来往了，若被我发现，我打断你的腿。"

燕子说："人无完人嘛，陈军救过我，他是一位非常不错的人，我相信我的眼光。"

燕子父亲就骂燕子瞎了眼。燕子跑到自己的房间把门关上了，扑到床上号啕大哭。

燕子依然和陈军偷偷来往。

那天，燕子和陈军在街上手拉手说说笑笑，无意中被燕子父亲撞见了，他冲上去给了陈军一巴掌，然后抓住燕子的手就把燕子拖了回来。

燕子父亲就对燕子大发脾气，燕子就顶撞了几句，燕子父亲气得打了燕子几巴掌："你给我滚，就当我没有你这个女儿。"

燕子捂住脸哭说："滚就滚，我也早就想逃离这个家。"

燕子就去找陈军，燕子连工作也不要了，就跟着他私奔了。

陈军带着燕子就回到了他的老家贵州。不久，燕子怀孕了。几个月后，燕子生了一个女儿。陈军有点不高兴，他的家人也不高兴。

后来，陈军就和他的那些朋友去喝酒，打麻将，经常夜不归宿。燕子就劝陈军不要打麻将了，陈军就发火，说："老子的事你不要管。"两人就吵了起来，燕子说："当初你追我，你是怎么说的，你是个骗子。"陈军说："我是个骗子，当初英雄救美是我设的一个圈套，哈哈哈。"

燕子脸上挂满了泪水。

不久，陈军因抢劫被抓了起来。燕子对陈军已彻底绝望了，期间她也想到了离婚，但想到当初义无反顾地出走，离婚了怎么面对父母？她犹豫不决，就把希望就寄托在女儿的身上，女儿从小就被她宠着。转眼间，女儿大了，到了谈恋爱的年龄。女儿交了一位社会上的闲人，那小伙子英俊潇洒，很会哄女孩，女儿就陷入了爱河。

女儿看时机成熟，就带小伙子去见她的父母。女儿的父亲陈军出狱后，不务正业，就在社会上混，他自然认识女儿的男朋友。陈军有点不高兴，但没表露出来。

那小伙子一走，陈军就对女儿发脾气："你以后再也不准和他来往了，他是个地痞流氓，是渣男，是派出所的常客。你若再和他来往，我打断你的腿。"

女儿说："人无完人嘛，何况他现在已改了，他是非常不错的人，我相信我的眼光。"

燕子就骂女儿瞎了眼，女儿就哭。

女儿就和小伙子偷偷来往。那天，女儿和那小伙子约会时，被跟踪来的燕子抓住了。燕子打了小伙了一巴掌，让他滚，然后抓住女儿的手就拖了回来。

燕子就对女儿发脾气，女儿顶撞了几句。燕子气得打了女儿几巴掌：“你给我滚，就当我没有你这个女儿。”

女儿说：“滚就滚。”

女儿就去找那小伙子，两人就私奔了。

女儿走后，燕子气得大病一场。燕子就想，女儿不就是她当年的翻版吗？

燕子此处一想，头上冒出了冷汗。燕子想起了老家已退休的双亲，没有父母祝福的婚姻，她真的幸福吗？自她跟陈军私奔后，家人就跟她断绝了关系，这么多年来他们好吗？去年母亲病逝也没通知她一声，可见家人是多么恨她。当初她是多么的不懂事，根本不懂什么是礼仪，自己是多么的自私，为了自己的幸福，却给亲人带来了永远的伤痛，这么多年来她又得到了幸福吗？如果上天重新给她一次机会，她要好好学学礼仪，学学做人，至少不像现在过得窝窝囊囊。

燕子泪流满面地收拾行李，她决定明天回家，回她牵挂了二十多年的家。

（第八届全国微型小说三等奖）

选　择

王艳陷于了感情选择的痛苦中，两个男人都爱上了她，她也喜欢这两个男人，鱼与熊掌不可兼得，她不知道该如何去选择。

张三高大英俊，在一家企业上班，当个小头目，前途无量。李四憨厚老实，是个小学教师，喜欢钻学问，没不良嗜好，是个实在人。王艳把张三和李四放在心里的天平上比来比去，一会儿张三占上风，一会儿李四占上风，如果上天能把他俩融合成一个人该多好啊，她想抛硬币来决定自己的命运，但她又不相信命运，不想脚踩两只船，又不想把感情当儿戏，她决定找父母谈谈。

父亲听了她的诉说后，说："要不，你把他们带来，我帮你参谋一下。我的眼睛看人准得很。"

王艳点了点头。当然她不能同时带两个男人来见父母，她就给张三说了父母想见他，叫他好好准备一下，第一印象非常重要。

张三自然知道这些，他说："要不这样，我在酒店订个包间，请未来的岳父岳母来吃饭，在家做饭太辛苦了。"

"好吧，给你一次表现的机会。"王艳说。

"放心吧，我会好好表现的。"张三说。

王艳带着父母准时赴约，酒店是市里最高档的酒店。张三见了王艳的父母笑嘻嘻地迎接，把他们安排在上席。

张三打了一个响指：“服务员上菜！”

张三点好了菜，菜很丰盛，天上飞的水里游的地上跑的都有，还有他们很少吃的龙虾、鱼翅、燕窝等。张三打开一瓶茅台酒，给王艳的父亲斟上。王艳的父母看着满桌的菜说：“行了，别上了，吃不完是浪费。”

“没事。”张三笑嘻嘻地端起酒杯说，“叔叔阿姨，我敬你们一杯，祝你们万寿无疆！”

王艳的父亲一口而干：“这一桌菜，要花不少钱吧？”

张三立即又倒满酒：“不贵，9999元。别客气，你们吃菜吧！”

王艳的母亲张大了嘴巴，半天都合不拢。

“我现在好歹也是个小头目，吃的用的住的全是公司的，不用自己掏腰包。”张三掏出一盒烟，抽出一根递给王艳的父亲说，“这也是公司招待贵宾的，一千多元一条呢？”

王艳的父亲：“我不抽烟。”

张三讨了个无趣，有点尴尬地说：“别说这些了，大家吃菜吧。”

王艳的父母笑嘻嘻地吃菜。

酒足饭饱，张三又用公车把他们送回了家。

回家后，王艳问父母：“你们对张三印象如何？”

父亲说：“没比较就没发言权，等明天见了李四再说吧。”

王艳给李四打电话，说父母想见他。李四说：“要不这样，我在酒店订个包间，请未来的岳父岳母来吃饭。”

“好吧，给你一次表现的机会。”王艳说。

王艳带着父母准时赴约，酒店是个非常普通的酒店。李四见了王艳的父母笑嘻嘻地迎接，把他们安排在上席。

菜都是家常菜，酒也是普通酒，几十元一瓶的那种。李四说：“不好意思，都是家常菜，随便吃，别客气。”

王艳的父亲：“这样也好，点多了也浪费。厉行节约、反对浪费，光盘最好。”

李四说：“我的论文获奖了，今天我是用稿费请客，心里踏实高兴。”

王艳的父母笑嘻嘻地吃菜。

酒足饭饱，李四拦了一辆出租车把他们送回家。

回家后，王艳问父母：“两个人你们都看了，你们说我该选择谁好？”

“当然是张三，人家有房有车有前途。”母亲说。

王艳笑了，其实她也看好张三。

“不行，这事听我的，张三这人不靠谱。”父亲说。

父母为这事吵了起来，最后王艳还是听了父亲的话，嫁给了李四。

几年后，张三当上了业务经理。张三的老婆，王艳认识，整天穿着名牌开着名车四处闲逛，手上戴五枚戒指，手腕上还戴着两个大金镯子，特别是脖子上的那块玉，据说价值好几十万。王艳每次看见张三的老婆，回家后就非常生气，如果当初她嫁给张三，那么这一切都是她的。她越想越生气，就把气发泄到老公身上："你看你，这么多年了还是一个穷教师，没出息的东西，嫁给你我倒了八辈子霉。"

李四只是笑笑："牛奶面包会有的，慢慢来。"

王艳一气之下回了娘家，扑在床上呜呜哭。

"哭啥？"母亲问。

"当初我不该听爸的话，如果我嫁给张三，我现在也住别墅、开名车、穿名牌……"王艳说。

"别眼红别人，过好自己日子就是。"父亲说。

王艳哭得更凶了。

几年后，张三又升了，当上了总经理。张三的老婆越来越风光了，走路都鼻孔朝天横着走。又是几年后，张三出事了，贪污挪用了公司不少钱。家里财产全部没收，还判了个无期徒刑。

王艳在街上遇见了张三的老婆，她像一个霜打了的茄子，无精打采，目光呆痴，衣着普通，脖子上的玉石和手上的戒指没见了……有人说她疯了。王艳想，如果当初我嫁给张三，那么那个女人就是现在的我。

王艳又回了娘家，她说："张三出事了。"

父亲说："我早就知道。"

王艳说："你怎么知道的？"

父亲说："我见他第一眼，就知道他迟早会出事的。他这种人喜欢贪公家便宜，这种人不出事才怪。"

（原载《小说月刊》2023 年第 3 期）

◀ 雪花面馆

城东新开了一家面馆叫“雪花面馆”，老板是个20多岁的姑娘，她叫雪花。

雪花人长得漂亮，做的面食更是一绝，特别是拉面，粗细均匀，有嚼头，再配上她做的调料，那简直满嘴生香，妙不可言。每天客人爆满，就在街道上临时支起了小桌，依然供不应求。

张生就是这批固定的客人之一，他每天下班准时来吃拉面。阿生吃遍了全县城的面馆，他觉得还是雪花做的面食又地道又好吃。

雪花有时忙不过来，张生就主动帮忙，招呼客人，收拾桌子，给客人端饭。

一来二去，两人就熟了，后来就好上了。

不久他们就结婚了。一年后他们有了一个孩子。张生辞了工作，全心全意经营面馆。

一天晚上打烊后，张生正准备关门时，她听到一个女子在喊叫“抢劫啊”，张生冲了上去，打倒其中一个，另一个提着包砸向阿生，张生一闪没打着。女子气喘吁吁赶了上来，打开包一看，东西不少，她怕张生吃亏，就说："算了，别追了。"

女孩叫小红。

第二天，小红到"雪花面馆"来，当面感谢张生。

后来，小红经常到面馆来看张生。

看久了，就看出意境来。张生被小红看走了。

雪花把孩子放在乡下娘家，抹了抹眼泪，她重新开张。

小红的父亲是个大老板，他在城西开了一家全县最大的酒店，装修豪华气派，主要经营川菜，每天生意特别好。县上各大单位有啥活动的定点酒店，结婚更是必选的酒店。

小红的父亲就把酒店让张生去打理，但小红是个女强人，啥事都是她管着，而张生不过是个摆设而已。

几年过去了，他们赚了不少钱。人一生再赚钱也赚不完，张生就从酒店退了出来，让小红去经营，他每天开着车去观音河钓鱼，或者去凤凰山庄打麻将，日子过得很悠闲。

一悠闲，寂寞跟着也来了。

那天，张生开着车从城东路过"雪花面馆"时，他看见了雪花正在忙着，雪花看上去苍老了许多。以前张生几乎不到城东来，就是来也要绕开"雪花面馆"，他不敢面对雪花，怕见到雪花。张生是北方人，喜欢吃面食，这么多年来，他一直想吃一顿雪花亲手做的拉面，雪花做的面食又地道又好吃。面食的香味弥漫过来，张生肚子饿了，他鼓起勇气走了过去，做好了挨骂的准备。

"你来了。"雪花淡淡一笑。

“来碗拉面。”张生见雪花笑了，心里才踏实下来。

雪花进厨房忙去了，张生环顾小店，小店的摆设跟他原先在店里时一模一样，张生正在发愣时，雪花端上了一大碗面。

张生说：“我们的孩子呢？”

雪花说：“不是我们的孩子，是我的孩子。跟你没任何关系，所以我不会告诉你的。”

张生一笑，淅里哗啦地吃着面，“你做的拉面，太好吃了，这面我想了好多年。”

雪花说：“以后想吃就来吧。”

张生一笑：“太好了。”

后来张生每周都要到“雪花面馆”来吃碗面。

县城很小，小红很快知道了。

张生再到“雪花面馆”来吃面时，被小红捉住了。

小红大吵大闹，还打了雪花一巴掌：“你这个狐狸精，想勾引我老公，不要脸的东西。”

小红抓着张生的手，回到酒店：“你不是想吃面吗，我让厨师给你做。”

一大盆面端了上来。

小红板着脸说：“你不是要吃面吗，今天你给我吃完。”

这面跟雪花做的面简直是天壤之别，张生吃得打暴口，实在有些咽不下喉咙，几次都想吐，硬着头皮吃完。

张生说：“你是南方人，你永远不懂北方人对面食的喜爱。”

小红站在一边冷笑：“你还嘴硬，下次被我抓住，你给我吃两盆面。”

江山易改，本性难移，北方人喜欢吃面食的习惯也是无法改变的。

张生买来调料，在家自己做，但还是做不出雪花做的那种味道。为了吃碗面，张生开车就去市里、省城去吃，但他依然吃不到雪花做的那种味道。

张生忍不住，偷偷跑到“雪花面馆”来吃面。

张生再到“雪花面馆”来吃面时，又被小红捉住了。

小红端起张生的碗，砸了，一片狼藉。

张生说：“我来吃碗面，顺便看看我的孩子，不要小题大做。”

小红说：“你们旧情重燃，别以为我不知道。都是这个狐狸精，想勾引我老公，不要脸的东西。”

雪花说：“说够没？说够了快滚！”

小红扑了上去想打雪花，张生拖着小红走了。

转眼一年过去了，张生再没去“雪花面馆”了。

直到有一天，张生路过“雪花面馆”时，才发现“雪花面馆”那个牌子没见了，面馆变成了小商店。

张生突然心很慌，回家就病了半个月。

病好后，张生去市里散心，在繁华街道他看见了一家“雪花面馆”，张生顿时来了精神。

“老板，来碗拉面！”

“好的。”

张生大吃一惊，老板就是雪花。

张生说："我找你找得好辛苦。现在我才明白，人的一生金钱权力不是最重要的，重要的还是要自己幸福……"

张生接着说："我想一辈子吃你做的拉面，好吗？"

雪花转过身，抹了抹泪水。

（原载《小小说选刊》）

寻找邢思丽

参加表姐的婚礼，让我想起了一个女孩。

在酒店吃完饭，然后我们去参观表姐的新房，洞房装修豪华，富丽堂皇，但给我留下印象最深的还是那些巾类制品和床上用品。那面巾、浴巾、方巾、套巾等折叠得整整齐齐，再加上它们花纹独特，给人赏心悦目之感。特别是床上四件套，让人更加眼睛一亮。

“这是什么牌子？”我问表姐。

“它们都是‘新丝丽’牌，”表姐自豪地说，“我可是‘新丝丽’的粉丝哦。”

我掏出随身携带的方巾说：“我这个也是‘新丝丽’牌。”

“哪个女孩送你的吧？”表姐开玩笑地说。

我点了点头。

往事一幕幕在我眼前出现，我想起了送我方巾的女孩。

高一那年，班上转来了一个山东女孩，她的名字叫邢思丽。有幸的是她成了我的同桌，她学习好，人又长得漂亮，我心里偷偷喜欢上了她，但我们之间很少说话。为了学习，我把这份“喜欢”

深埋在心里。

高二暑假，她突然来到我家，她说她要回老家上学，我大吃一惊，她掏出一块方巾说："这是我从老家茌平县带过来的，送给你吧。你别小看这款方巾，它以优质棉纱织造而成，经久耐用，纯白度高，吸水性好，手感柔软，色泽鲜艳。"听她这么说，我知道这对她很重要，想想以后再也见不到她了，我鼓起勇气大胆地说："我喜欢你。"她微微一笑说："十年后，如果你未娶，我未嫁，你就来找我吧。"说完她转身就走了，像只蝴蝶一样飞走了。从此她的背景就飞进了我的生命里。

后来，她又给我邮寄了一条运动毛巾，也是"新丝丽"牌的。再后来忙于高考，我们书信来往就少了。等我考上大学，给她写信时，信却退了回来。就这样我跟她彻底断了联系。大学毕业，我参加工作，不知不觉十年过去了。

如今，参加表姐的婚礼，表姐的"新丝丽"勾起了我的回忆，往事仿佛一下被激活了，想起她的这句话"十年后，如果你未娶，我未嫁，你就来找我吧"。我突然冒出一个大胆的想法，去山东茌平县找她。我要告诉她，我爱她！

说走就走，我立即购买机票。我先飞到济南，然后坐班车去茌平县。

我照着当初她给我写信时信封上留的地址去找她，结果那地方早拆迁了，现在已变成商厦了。我不甘心，跑遍大街小巷，结果一无所获。我突然明白，要在偌大的茌平县找一个人很难，也许她早已离开了茌平县，或者去了聊城。我听她说过，她好多亲戚都在聊城。我立即又去聊城，结果还是一无所获。

站在聊城的大街上，我掏出邢思丽送我的方巾，我下定决心一定要找到她。

怎么才能找到她呢？我茫然无措。

既然邢思丽喜欢“新丝丽”，我何不在聊城或在平县开家“新丝丽专卖店”，专卖“新丝丽”产品，说不定邢思丽就会自然找上门来的。我为这种想法而高兴，立即给我父亲打电话，父亲知道我创业，大力支持我。

“新丝丽专卖店”很快开张了，开业这天，我在门上挂了一条条幅：邢思丽，你在哪里？

一家报社记者注意到了这条条幅，他问我挂这条幅是什么意思，我就告诉他，我在寻找一位喜欢“新丝丽”的女孩子。报社记者很感兴趣，就对我的店做了报道。接着，电视台也做了报道。

可想而知，“新丝丽专卖店”的生意很好。

一个月后，一个女子走进了“新丝丽专卖店”，我一眼就认出了她就是邢思丽。

“你还好吗？我找你找得好苦啊！”我欣喜如狂。

“我很好。”邢思丽微笑着说。

我掏出方巾说，“这是当年你送我的‘新丝丽’方巾，我一直带在身边，舍不得用。”

邢思丽眼里含着泪水无语。

我说：“当初你说的话，还算不算数？”

邢思丽故意说：“什么话？”

我说，“‘十年后，如果你未娶，我未嫁，你就来找我吧。’”

邢思丽脸红了，说：“当然算数。”

第二天，“新丝丽专卖店”门上的条幅变成了：老板娘邢思丽，祝新老用户阖家欢欣！

（“新丝丽杯”全国征文一等奖）

第三辑

荒诞笔记

变成一条狗

我突然厌倦做人，想变成一只无忧无虑快乐的狗。

我喜欢狗，当我还是个小孩的时候，我就想成为一条狗。我认为这是愿望的转换，生命的轮回。长大后，我进入社会，残酷的现实把我的生活弄得一团糟，事业不顺，工作不顺，婚姻也不顺。我跟妻子已分床而睡，婚姻已名存实亡。妻子讨厌狗，不让狗进入她的卧室，我只好跟狗生活在一起，相依为命。

我变成狗的愿望越来越强烈，我想逃避现实。

我对妻子说："我想变成一条狗。"

妻子冷冷地说："神经病。"

我对最好的朋友说："我想变成一条狗。"

朋友骂我是神经病。

我给亲朋好友说了，他们都骂我是神经病，让我去医院看看。有些话说得多了，便也成真了。一传十，十传百，他们都相信我得病了，是神经病。

身边的朋友慢慢疏远我，妻子对我也是不冷不热。我养的那只狗突然得病死了，悲痛之中，我变成狗的愿望更加强烈了，我开始住进狗笼子，开始吃狗食，开始学着狗的样子汪汪大叫。

妻子骂我是疯子，她忍无可忍，跟我办了离婚手续，离开了这个家。

我在网上看到，一名穿着斑点狗服装的英国男子出现在媒体的视野中，他花费一万英镑打造了一身狗服，日常中还会与像狗一样追着同伴玩耍，吃狗粮，睡在狗的笼子里。不过他声称这样做只是为了放松减压。我大受启发，决定先要从外形上把自己变成一条狗。

我找了一家服装设计公司，请他们帮我设计一件酷似我养的宠物狗的服装，将我变成了一只“狗”。这家服装设计公司不愧为电视广告和电影制作服装的名牌公司，业务经理满口答应，说：“只要钱到位，包你满意！”

我说：“需要多少钱？”

业务经理说：“大概得 50 万。”

“这么贵？”

业务经理说：“为了打造一个逼真的狗模型，头、爪子、尾巴、皮毛等等都是货真价实的狗皮狗毛，你可知道，为了打造这个模型，我们很多设计师和工人都要加班加点，至少忙两个月才能完工，你说贵吗？”

我犹豫了一下说：“不贵。”

业务经理说：“最主要的是，我们能把你变成一只真正的狗。如果你现在后悔还来得及！”

我说："我讨厌做人，我要做狗，永不后悔！"

经理说："那就签合同吧。"

我签了合同，付了定金，然后开始等待我的狗服。

两个月后，我终于穿上了狗服，不愧为专门为我量身定做的，穿着很合身，我学着狗的样子趴在地上走路，学着狗摇摆着尾巴。因为我身材魁梧，穿着狗服看起来就比普通的狗大了许多，我走在街上，人们都用异样的目光打量我，都说从没见过这么肥硕的大狗。我听了心里非常高兴，顿时忘记了生活中的烦恼。

为了打发时间，我开了直播，分享自己穿着狗服装的视频，其中首条视频就获得了超 200 万的观看量。在视频中，我对着镜头挥动着脚丫子，抓着毛绒玩具动物翻身。还去追女子丢出去的球，然后用嘴把球叼回放到她的手中，我像狗一样肆意打滚撒娇。我还说像我这样想成为动物的人可以让这个梦想成真，也很幸运地出生在一个可以选择做任何事情的时代里，这样可以忘掉做人的烦恼。女孩子们非常好奇会说话的狗，纷纷跟我合影。

父母知道我变成了一只"狗"，骂我是个疯子，是个神经病，跟我断绝了关系。

随着直播粉丝的增多，我成了一个名人。

人怕出名猪怕壮，每天粉丝上门来找我签名，刚开始我很享受这样的生活，随着时间一长，我的生活节奏被打乱了，我开始躲避着粉丝，关了直播，搬了家。

奇怪的是搬了新家后，我家楼下突然聚集了很多狗，狗鼻子不愧是狗鼻子，闻着气味就能找来。只要我一出门，那些狗都围了上来，特别是一些母狗，在我面前卖弄风情，挑逗我。那些公狗都用血红嫉妒的目光盯着我，恨不得要把我吃了。

晚上，我常听到楼下那群公狗发出恐怖的咆哮，它们似乎在向我宣战。

又一天晚上，几只公狗从窗户爬了进来，向我发起了疯狂的进攻，它们是想要撕咬我，要不是我躲进睡房，及时报警，恐怕我就会被这群疯狗撕扯吃了。

一直以为做狗没有烦恼，没想到做狗也有狗的烦恼，在生活中我有很多不方便，比如坐地铁被保安赶下来，去饭馆吃饭被老板撵走，在公共场合我被禁止入内，在街上我有时走累了，站了起来，顿时把小孩吓得哇哇大哭，大人气得就用手中的家伙打我，老人的拐杖，行人的雨伞，地上的砖头等，都成了他们的武器。每天只要我出门，不免要被人打。

我想做人，做狗没有一点尊严，我想脱掉狗服，却怎么也脱不下来了，就像面具戴久了就摘不下来一样，这些狗皮狗毛已长进我的身体里去了，看来我已变成了一条狗。

我开始大哭和嚎叫，我要变成人！

（原载《小说月刊》2023 年第 1 期，《小小说选刊》2023 年第 1 期转载）

◀ 咸鱼人

梦城的人受到巫师的诅咒：没有梦想的人都将变成咸鱼。一夜之间，梦城遍地都是咸鱼人。

富翁的儿子也变成了一条咸鱼人，富翁只有这么一个儿子，他还指望儿子继承家产，他忧心忡忡，开始重金悬赏，说谁要能治好他儿子的病，他可以送一座金山银山，言下之意他要不惜一切代价要治好儿子的病。

管家说，重赏之下必有勇夫，我听说有位大师，专治这种疑难杂症。

富翁急急地说，还说啥啊，赶紧去请啊。

管家带着随从去了山上，邀请这位大师。大师身着长衫，满头白发，手拿拂尘，充满道家仙气。管家说明来意，大师当场拒绝了。

管家跪了下来哀求道，救人一命胜造七级浮屠，我求求你了。

大师左手摸了摸山羊须，右手扬了扬拂尘说，我是一位隐士，看在你心诚的份上，我就随你下山吧。

管家站了起来，满心欢喜。

管家带着大师来到了富翁的庄园，庄园很大，开满了各种鲜花，小桥流水，别墅更是金碧辉煌，装修豪华。

富翁抓住大师的手说，只要你能治好我儿子的病，我满足你的一切要求。

大师说，我是看病救人，不是为了钱。带我去看看他，我跟他聊聊。

大师被带到二楼一个宽大豪华套间房间，内部设施跟五星酒店一样。一个年轻人躺在床上，他的下半身已变成咸鱼，旁边一个佣人在朝他身上浇水。

大师在年轻人身边坐了下来，他挥了挥手，所有人退了下去。大师的目光落到年轻人的脸上说，请问，你的梦想是什么？

什么是梦想？

大师说，你生活的奋斗目标、追求及理想等等。

年轻人说，我一出生嘴里就含着金钥匙，什么都不缺，最不缺的就是金钱，我还追求什么？我以前一直过着纸醉金迷、灯红酒绿的生活，人生不过如此吗！

大师说，错！没有理想和梦想的人不是人，你看看你现在的样子，跟咸鱼有啥区别？

年轻人说，人生在世，不过吃穿二字。活着，要梦想干吗？

大师说，人没有梦想，跟行尸走肉有啥区别？

大师带着年轻人去大街上转悠，来到了富人区，大街上咸鱼人很多，虽然他们的脑袋还没退化，但身子已变成了咸鱼身子，走路摇摇晃晃，左右摇摆，样子非常滑稽。大师说，你看看这些咸鱼人，他们大都是有钱有权人家的孩子，他们没有理想，都变成了咸鱼。

年轻人默默不语。

大师又带着年轻人去了贫民区，这里的人很正常和健康，他们忙忙碌碌，脸上洋溢着幸福的笑。大师说，别看他们穷，但他们有梦想，所以他们活得很快乐。别看他们日子苦，但他们用勤劳的双手和汗水挣来的钱，用着踏实……大师开始谆谆教导他如何做人，如何做一个有理想有上进心有益于社会发展的人。

大师陪伴了年轻人半个月，每天的教导就像甘露一样滋润着年轻人干瘪的身体，慢慢地他身体恢复的原形，真是咸鱼翻身，他可以正常行走了。

富翁见自己的儿子被治好，大喜，设宴款待大师，同时还把州长请来作陪。

酒过三巡，州长和富翁耳语了一番，富翁站了起来向大师再次表示感谢。州长也表示感谢，想挽留大师留下来，因为梦城的咸鱼人太多了，需要给他们继续治疗。

大师说，我一个外地人，连看病场所都没有，怎么去看病？

州长说，这还不简单，让富翁给你投资就是，让他帮你开几家梦想馆，你就是馆长，专门给咸鱼人看病。

大师说，好啊！不过我一个人忙不过来，得给我找一批助手。

富翁说，没问题，我高薪给你聘请全城最好的医生，你来培训他们上岗。

在富翁的投资下，梦想馆很快开张营业。营业这天，州长亲自来剪裁，当地有头有脸的人物都来了。

梦想馆每天生意爆满，床位供不应求，富翁又开了几家分店，依然生意红火。

大师每天接待无数患者，让无数的咸鱼人变成了有梦想有追求的人。

半年后，大师发现梦城的咸鱼人太多了，排队预约的都排到几年后了，凭他一己之力，一辈子也看不完众多的患者。

短短的一年，大师的梦想馆给富翁创造了十多个亿的收入。富翁宴请大师表示感谢，州长也来了，这天大家高兴就多喝了几杯。大师去卫生间，他出来时听见富翁和州长在谈话，不时发出几声怪笑，他们在笑大师是个傻子。大师站在旁边听明白了，原来富翁投资的梦想馆有州长的股份，原来他们狼狈为奸勾结在一起，故意请巫师诅咒梦城人，让他们变成咸鱼人，然后趁机发大财。

大师听他们说完了，装作什么也没听见的样子走了过去。

第二天开始，大师开始收集证据，然后把证据发到网上后就悄然离职了。一石激起千层浪，掀起了网络大讨论，有人建议要从根本上根治病根，得从教育入手，从娃娃抓起，让他们从小就树立远大的理想。

总统也看到了，开展了“拯救梦想计划”，下令抓捕了富翁、州长和那个巫师，很快巫师的那个诅咒也被破解了。

（原载《喜剧世界》）

长寿秘诀

梦城的乞丐很多，《梦城晚报》记者齐天乐想拍一组反映乞丐生活的照片。

其实，齐天乐早就注意到那条叫御街行的步行街上那个老乞丐，他头发雪白，身形似弓，但精神状态非常好，偶尔唱几句《天门谣》，声音洪亮，如果仅从声音判断你根本不会想到他是一个老人。

齐天乐在远处偷偷支好照相机，注意着老人一举一动。

天黑时分，老人的破碗里装满了零钱，老人点了点，笑了笑，他准备收摊。

齐天乐跟着老人左拐右拐，穿过一条小巷，老人最后在一条破巷里停住了，他轻轻推开门。齐天乐这时才注意到这小巷又臭又脏，原来是梦城的贫民窟。

“有人吗？”齐天乐推开门，院子里摆满了各种破烂，散发着一股腐朽味。

“你找谁？”老人推开门，打量着齐天乐。

齐天乐说："我是记者，想了解一下你们生活的情况。"

老人说："我们有啥了解的？我们忙得很，你回吧。"

又一个老者跟了出来："想采访我们，要给出场费。"

齐天乐笑了："出场费？"

老者说："一个小时 100 元，不贵吧。"

齐天乐想了想："行，不过要有问必答。"

"没问题。"

齐天乐跟着老人来到破屋，屋里灯光浑浊，屋里还有两个老人。齐天乐问："你们这是？"老人说："我们是四世同堂，我给你介绍一下，我也不知道我叫啥名字，人们都叫我万年秋，今年 180 岁，你也叫我万年秋吧。"他指着那胖一点的老人说："他是我儿子，今年 150 岁，你就叫他千秋岁。"他指着瘦一点的老人说："他是我孙子，今年 125 岁，人们都叫他寿南山。"他指着高个子老人说："他是我重孙子，今年刚好 100 岁，人们都叫他瑞鹤仙。"

齐天乐张大嘴巴，半天都合不拢："我没听错吧。"

万年秋说："我说的都是真的。"

齐天乐说："你们的长寿秘诀是啥？"

万年秋说："不抽烟不喝酒，然后是运动运动，还是多运动。"

齐天乐说："你们家里只有你们四人？"

千秋岁说："是的，只剩下我们四个老人了。"

齐天乐说："你们是如何生活的？"

千秋岁说："我们靠乞讨和捡破烂。"

齐天乐为发现长寿家庭兴奋不已，这么好的新闻明天一定会上头版头条，他让四个老人坐在一起拍了几张照片。

采访完毕，刚好一个小时，齐天乐掏出100元递给万年秋，瑞鹤仙从万年秋手中夺过，对着灯光照了照："我看看是不是真的，上次一个人出手大方给了我100元，我连给他磕了几个响头，回家后一看钱是假的。"

齐天乐说："你放心，钱绝对是真的。"

瑞鹤仙仔细看了半天："好像是真的。"

第二天，《梦城晚报》报道了长寿家庭的事情，接着其他媒体也纷纷转载，万年秋一家顿时成了名人，市民也纷纷上门讨教长寿秘诀，万年秋总是哈哈一笑："没啥秘诀，多运动。"

一日，一个自称是应天长保健公司的经理，他找上门来，他说："我们想请你做我们公司的形象代言人，只要你对着镜头说：'我们都是喝了应天长口服液，所以才长命百岁。喝了应天长，身体棒，吃饭香，要想身体好，就要喝应天长！'我们可以给你们10万，怎么样？"

瑞鹤仙说："真的吗？"

"只要你照着我们台词说，一分不少。"

瑞鹤仙说："好啊，现在就可以签合同。"

万年秋说："慢，等我们考虑好了再答复你。"

那人递给万年秋一张名片："想好了，给我打电话。"

那人走后，瑞鹤仙埋怨道："到手的钱，却不要。"

万年秋说："别急，再等等。"

第二天，又一家叫长生乐保健公司的经理找上门来，他们给的代言费是 15 万。应天长保健公司不甘落后，又增加 5 万，出价 20 万。经过比较，最后他们跟应天长保健公司签了合同。

不久，电视上播放了万年秋一家四个老人做的广告。

广告播放的第二天，万年秋死了。接着千秋岁、寿南山也死了。

齐天乐觉得奇怪，广告一播他们就死了，难道保健公司的口服液有问题？

齐天乐就去采访长寿家庭的最后一个老人瑞鹤仙。

瑞鹤仙说："我现在是名人了，不能随随便便接受采访，要出场费。"

齐天乐掏出 100 元："我给你 100 元，可以吧。"

瑞鹤仙说："现在物价都在上涨，这点钱还算钱吗？"

齐天乐又掏出 100 元。

瑞鹤仙说："看在老朋友份上，有啥问题尽管问，我忙得很。"

齐天乐说："为什么你们做了代言人后，你的祖爷、爷爷、父亲都死了，是不是他们产品有问题。"

瑞鹤仙说："他们送的应天长口服液，我们没舍得喝，都便宜卖了。"

齐天乐说："说实话，你们长寿秘诀是什么？"

瑞鹤仙说："我们没有退休金，也没养老金，梦城是一个讲面子的城市，就连人死了也要讲面子，为了面子，后人要把葬礼办得很隆重很排场，送到火葬场后，各种费用贵得吓人，好多人死后，连一块墓地都买不起。其实，我祖爷早就想死了，但他怕给后人留下负担和债务，他一直坚强活着，所以才能活 180 岁。我的爷爷千秋岁也是一样，他怕给父亲留下一屁股债务。所以我们一直坚强地活着，是因为我们死不起——这就是我们长寿秘诀。刚好我们挣了一笔广告费，祖爷、爷爷、父亲他们可以放心地去死了。这广告费勉强够他们死后各种费用，如今我却成了穷光蛋，死不成了。我要打破祖爷 180 岁的记录……”

齐天乐合上采访本，默默地走了。

（原载《百花园》《微型小说选刊》《意林》等转载）

龟　城

龟城远远望去，就像一个大大的“龟”字。

龟城由六大帮派组成，他们都是当年逃避战乱才来到龟城的，住在龟头的是唐朝帮，龟尾的是清朝帮，中间住着的却是北宋帮、南宋帮、元朝帮和明朝帮。

龟城人长寿，龚甲早有耳闻，据说最长者已是1300多岁了，最小者也是几百岁。龚甲踏进龟城时，发现人们衣服千奇百怪，个个穿得都是古时候的衣服，特别是清朝帮穿的是清朝服装，猛一看像电视上的僵尸。

龚甲摸摸口袋，身无分文，他从小练过拳舞过刀，他决定卖艺。龚甲选了一个人多的地方就开始舞刀弄棒，一会儿围了很多人。舞毕，龚甲说：“在家靠父母，在外靠朋友，请大家多捧场。”

人们纷纷朝他碗里扔铜钱，龚甲心里嘀咕，这铜钱能用吗？这时一位长须飘飘的老者走了过来：“请跟我来一趟，我有事相商。”龚甲收拾刀具跟在了老者身后，来到了一个像宫殿一样的房子里。一会儿，摆上了好酒好菜，长者说：“一边吃一边谈。”

龚甲早已肚子饿了，毫不犹豫拿起鸡腿就吃。

长者接着说：“我们是唐朝帮，我们最先发现这块风水宝地，我一直担任城长（相当于市长），后来其他帮派逃避战火也来到了龟城，我们接纳了他们，再后来他们不服气，提出六大帮派轮流当城长，结果他们当上城长后一个比一个贪污腐败。如今龟城没有城长，一盘散沙，但都想当城长，各大帮派钩心斗角，各自为政，现在迫切需要一位新的城长来管理这个乱摊子。”

龚甲打断长者的话说：“你是不是想继续当城长？”

长者说：“废话，谁不想当？我是龟城最长者，今年 1300 多岁了，论年龄、资历和能力都该我当。”

龚甲说：“我能为你做什么？”

长者摸了摸胡须说：“有些问题谈判是无法解决的，必须武力解决。别说这些了，你好好吃，好好喝。”

龚甲在长者家里待了半个月，顿顿好酒好菜，晚上还有美女相伴。

龚甲不好意思起来：“我能为你做什么？”

长者说：“你真想为我做事？”

龚甲说：“真的。”

长者说：“我让你杀一个人，你敢不敢？”

龚甲犹豫了一下：“敢！”

长者说：“好。事成后，我送你黄金 100 两。”

龚甲说：“杀谁？”

长者说：“现在你别管，你好好练剑，到时你自然就知道了。”

一个暗杀小组秘密诞生了，每天专门有人负责龚甲的饮食起居，专门有陪练的武士。

一个月后，龚甲忍不问：“你到底让我杀谁？”

长者说：“清朝帮帮主，他多次干涉我们唐朝帮，你要打扮成明朝帮的人，不但要杀了清朝帮帮主，还要嫁祸给明朝帮，让他们互相残杀。如果万一败露，你是一个异乡人，他们也不能抓到我们唐朝帮把柄。”

龚甲说：“什么时候行动？”

长者说：“今晚就行动，同时我给你配了两个武士。”

龚甲开始穿上明朝帮的衣服，脸部也做了化妆，按上了假胡须，长者围着龚甲转了三圈，连说了三个好字，然后端上一杯酒：“我为你壮行，等你凯旋归来！”

龚甲端起杯酒一口而净。

乘着夜色，龚甲混进了清朝帮，潜伏在清朝帮帮主的房顶，等待时机。房间灯灭了，龚甲听到了鼾声，然后翻进房间，摸到帮主床前，朝他脖子一抹，帮主连哼都没哼一声就一命呜呼了。龚甲把明朝帮的衣服和刀留了下来。

清朝帮的二当家见帮主被杀，从现场证据看，他认定了是明朝帮的人干的，他们两帮有过节，明朝帮的人多次侮辱清朝帮，他们一直忍着，如今他咽不下这口气，带人浩浩荡荡直奔明朝帮帮主的家，刚好帮主不在，二当家杀了他的妻子儿女，一把火把他们房子也烧了，然后才得意而归。

明朝帮主回家见家人被杀，带着人，拿着刀棍直奔清朝帮。

两帮在巷子里开始了火拼，死伤无数。

长者站在高楼上笑着对龚甲说："我让你再杀一个人，你敢不敢？"

龚甲犹豫了一下："敢！"

长者说："好。事成后，我再送你黄金 100 两。"

龚甲说："杀谁？"

长者说："杀元朝帮帮主，嫁祸给南宋帮。"

龚甲说："什么时候行动？"

长者说："今晚就行动，同时我给你配了两个武士。"

龚甲开始穿上南宋帮的衣服，脸部也做了化妆，按上了假胡须，长者围着龚甲转了三圈，连说了三个好字，然后端上一杯酒："我为你壮行，等你凯旋归来！"

龚甲端起杯酒一口而净。

乘着夜色，龚甲混进了元朝帮，爬上了元朝帮帮主的房顶，等待时机。帮主房间灯灭了，龚甲听到了鼾声，然后翻进房间，摸到帮主床前，朝他脖子一抹，帮主连哼都没哼一声就一命呜呼了。

龚甲把南宋帮的衣服和刀留了下来，还写了一行字：南宋帮要灭了元朝帮。

事情照着长者的安排发展着，元朝帮和南宋帮开始了火拼，死伤无数。

南宋帮向北宋帮求救，两个帮派联合起来向元朝帮反攻，他们一鼓作气灭了元朝帮。他们见明朝帮和清朝帮打得已是溃不成军，干脆也灭了他们。

龟城血流成河，尸体遍地都是。

龟城就剩下了三个帮派，“三国”鼎立形成。

龚甲突然感到心里愧疚，他去找长者：“我要离开龟城，请你兑现你的承诺。”

长者说：“留下来吧，在龟城你可以长生不老，最少也要活几千岁，跟着我干，你有享不尽的荣华富贵。再说我准备用美人计让南宋帮和北宋帮反目成仇，互相残杀，然后我就乘虚而入……”

龚甲说：“别说了，我不想听。一个人心中充满贪婪、虚伪、欲望、谋杀、仇恨……就是活几万岁，无异于行尸走肉。”

长者尴尬一笑，手一挥，一个人抱着一个黑匣子走了过来。长者打开黑匣子说：“这是黄金 200 两，请收好。”

龚甲抱着黑匣子就告辞了。

龚甲走到一个偏僻的巷子里时，突然蹿出几个蒙面人：“把黄金留下，否则我们就不客气了。”

龚甲说：“你们是谁？你们怎知道我身上带着黄金？你们是不是长者派来的人？”

其中一个人说：“让你死过明白，我们就是长者派来的，我们不但要黄金，还要你的人头。”

龚甲见他们人多，拔出剑杀开一条血路朝出冲，龚甲身上也中了几剑，他忍着伤奔跑，突然脚被什么东西一绊，头壳在石头地上，一下晕倒了。

这时南宋帮和北宋帮带着大队人马杀了过来……

龚甲醒来时，眼前的景色让他大吃一惊，龟城变成了一片废墟，房屋冒着烟，四周全是尸体，一个叠一个，他们穿着全是南宋帮、北宋帮和唐朝帮的衣服。龚甲踩着尸体超前移动，突然他发现了长者的尸体，他掀开一看，长者的怀里抱着一个包，他打开一看里面全是金条。

龚甲哈哈大笑了起来。

远处残阳如血。

（原载《百花园》《微型小说选刊》转载）

流浪的心

晚上 11 点，金明池正要睡时，门铃响了起来。

金明池当上副市长后，每天晚上来敲他门求他办事的人络绎不绝，当然那些人都不是空手来的。金明池开门后看了看没人，他确实听到门铃响了，难道是自己耳朵出了问题。金明池正在犹豫时，嗖的一声，一个东西跳了进来，他一看是个拳头大小的东西，他以为是炸弹，吓得叫了起来。

那拳头大小的东西突然说话了，别怕，我回来了。

金明池一惊，你是谁？

我原是你身体一部分，我叫心脏，也叫良心，简称心。

金明池松了一口气，你回来干啥？

心说，我被你抛弃后，我一直在街上流浪。刚才我在街上遇见了几只狗，我被他们追杀，它们样子好凶啊，它们要吃我，要不是我跑得快，早就成了它们的晚餐。

金明池淡淡地说，是吗。

心说，我现在才知道，梦城的狗为啥个个长得膘肥体壮，原来是梦城流浪的心太多。狗最喜欢吃那些被人抛弃的心，心对他们来说是世上最好的美味。

金明池把手放在胸部，凭什么能证明你就是我的心呢？

心说，证明了又能起什么作用呢？我现在被你出卖了，离开你后，我以为可以独立生活，我走遍大街小巷，就像一个流浪的乞丐，我被人嘲笑被人欺负，过着饥寒交迫的生活，你看我现在瘦成什么样子了，我想回到我原来的位置。

金明池说，不可能了，现在我的身体已没有你的位置了。

心说，想当初你是多么善良，为人正直，你当气象局长时，一心扑在工作上，不抽烟不喝酒不洗脚不按摩……回家后一心又扑在宋词的研究上，那些日子虽然过得清贫，但很充实，也是我最幸福时光。自你当上市长后，整天泡在酒席上，作为你的心脏，每天都被你身体的营养滋润着，我感到骄傲和自豪。

金明池说，人在江湖，身不由己。

心说，什么身不由己，都怪你太贪。

金明池笑着说，我贪吗？

心说，当初苏幕遮为了把北郊一块地拿下来，他偷偷塞给了你100万，你以为我不知道。面对你的第一笔赃款，你内心里很矛盾，晚上常常失眠，最后你还是收下了，你不敢存银行不敢放在家里，你就偷偷藏在楼顶的池塘里。后来你见没啥动静，就借了亲戚的身份证办了张存折，把钱存了进去。

金明池脸色变了，你还知道啥？

心说，梦城的大老板高阳台为了揽一个工程，送你美元英镑送你小车，还送你一套价值不菲的房子。

金明池说，你还知道啥?

心说，求你办事的人不计其数，光我知道人家送你价值几万的手表就有十几块，金银首饰更是多如牛毛，名烟名酒更是堆满屋，这么多的烟酒你一辈子都抽不完喝不完，你就让你小舅子开了个烟酒专卖店，卖的全是别人送你的东西……

金明池阴阴一笑，把你知道的全说出来。

心说，你还在沁园春小区包了一个非常漂亮的演员，她名字叫虞美人。

金明池大喝一声，够了，你想干啥?

心说，我想回到我原来的位置。

金明池说，不可能了，你想我现在没有你，我生活得很滋润，一旦你回到你原来的位置，我的身体将会产生排斥功能，它们已不适应你了。再说，在梦城你想出淤泥而不染，那是不可能的，否则你寸步难行，死得更快。

心说，你非要赶我走，我将会把那些流浪的心组织起来，成立一个良心委员会，我们去纪委告你。

金明池狞笑一下，要不我给你100万，你立马在我眼前消失。

心说，我虽被你出卖，差点被狗吃，但我还有一点良知，我不会被你收买的。

金明池笑了笑，有事好好商量，你等我考虑一下。

心说，我饿了，跟我弄点吃的。

金明池熬了一锅鸡汤，心让他放上银耳、红枣……汤熬好后，心让他倒进浴池里，然后心跳了进去，他靠这种方式补充营养。补充完毕，心又冲了一个热水澡，然后锁上那间小房的门，钻进被窝美美睡了一觉。

中午，金明池下班回家。他说，亲爱的，我回来了。

心说，主人，你好，你回来了。

突然，金明池身后冲出两只大狼狗扑向心，心滚进沙发下，两只狼狗钻不进去，望着心只能汪汪大叫。

金明池大声喊叫，把他给我吃了，这回看你朝哪跑。

金明池搬动沙发，心就跟着沙发移动，趁两只狼狗不注意，心突然跳上阳台，从窗户上跳了下去。心坠落在厚厚地草坪上，他爬起来，迅速消失了。

金明池开始满城寻找他的心。

（原载《山东文学》《小小说选刊》转载，获《小说选刊》12+3 微型小说大赛优秀奖）

爆炸人

梦城发生了一件奇怪的事。

一个人在街上行走，突然“嘭”的一声爆炸，如惊雷，接着冒起一股烟，那人瞬间便消失了，现场干干净净，连一点血迹都没有。

最近国外发生了几起恐怖事件，人们首先想到的便是人肉炸弹。有人报了警，警察很快来了，查看了现场，没发生一丝蛛丝马迹，他们怀疑有人报了假警。

一个警察说：“子虚乌有，哪有啥爆炸。”

他们正准备离开时，几个市民说：“我们亲眼所见，假不了。”

记者很兴奋，这种爆炸性的新闻一生难遇，他们采访现场目击者。

警察调出了附近的监控录像，画面上出现一个中年男人，身着短袖短裤，在街上行走。突然“嘭”的一声响，冒起一股烟，那人瞬间消失了。警察又回放，确定了那个中年男人，然后截了一张图。

记者采访完现场目击者，然后涌向了警察局，了解事情经过。警察就把这张图交给了记者，让帮忙寻找这个人。

当天晚上，电视上报道了这一件事。

第二天，一个女人来到了警察局。

她说：“你们要寻找的人，他就是我丈夫，他叫贺新凉。”

警察说：“你知道你丈夫为何要自杀吗？”

女人说：“我了解他，他那怂样，他不可能自杀。”

警察调出了那段录像，女人看完后，眼睛红了，“他空着手，穿着短袖短裤，身上明显没其他东西，他怎么可能自杀？”

警察说：“他最近是否出现什么异常？”

女人说：“自他失业后，整天待在家里喝闷酒，偶尔出去买几张彩票，说要发大财。最近半年他都这样，没见什么异常。”

警察说：“你先回去，等我们调查清楚了再通知你。”

警察走访了贺新凉的原单位，又调查了贺新凉的关系圈，最后得出的结论是自杀。

警察局召开了新闻发布会，说贺新凉是自杀。现场还回放了贺新凉自杀的录像。

一个记者问：“贺新凉是自杀，请问他手无寸铁，他是如何自杀的？”

警察尴尬地说：“无可奉告。”

几天后，又一人在街上行走，突然“嘭”的一声爆炸，如惊雷，接着冒起一股烟，那人瞬间便消失了，现场干干净净，连一点血迹都没有。

梦城接二连三发生这种爆炸事件。

顿时，人心惶惶，人们都不敢上街。既然警察不能自圆其说，私下里谣言四起，说恐怖分子想用人肉炸弹毁灭这座城市。人们每天都生活在恐怖中，生怕人肉炸弹在自己身边爆炸。人与人之间似乎有道无形的墙，互相防着对方，公交车没人敢坐，商厦没人敢去……梦城瞬间处于瘫痪中。

为了稳定人心，警察局私下招纳高人，谁要能破解这自杀之谜，将重奖，奖金高得吓人。

一个自称研究人类学的博士走进了警察局。

警察说：“你能破解？”

博士说：“我试试，不过——”

警察说：“不过什么？你有啥要求尽管提，我们一一满足。”

博士说：“奖金要再翻一倍，我还要一枚代表梦城最高荣誉的金质奖章。”

警察说：“没问题。”

博士说：“好，一言为定。请把自杀者名单和资料提供给我，给我半年时间，我将破解这自杀之谜。”

警察把资料递给了博士。

博士回家后开始研究这些资料，然后走访他们家人、单位、朋友……博士通过对贺新凉关系圈的走访，他整理了一些有关贺新凉的资料。

贺新凉大学毕业后，进了工厂。工厂倒闭，贺新凉失业。

贺新凉相恋了五年的女友跟他分手，分手原因，女方嫌他没房没车。

贺新凉婚姻出现危机，老婆外边有人，夫妻俩整天吵架。贺新凉整天喝闷酒，扬言要杀了那人。

贺新凉参加了同学聚会，小学同学高阳台，房产大亨，出手阔绰，开着几百万的车。初中同学江梅引，梦城某局的局长，住着高级别墅，开名车，全国各地到处跑，吃住行都是公家报销。高中同学金明池更是风光，如今已是梦城市副市长。

……

博士把这些资料反反复复比较，贺新凉失业，女友跟他分手，那么他心里一定失望或痛苦。老婆外边有人，那么他心里一定充满了仇恨。同学发的发财当官的当官，他心里肯定有想法，肯定会嫉妒羡慕，甚至绝望，那么他的心里就会不平衡。博士把这些资料重新组合分析，他突然大叫一声，就像牛顿发现苹果坠地瞬间的顿悟，他跳了起来，找到了贺新凉自杀之谜。贺新凉的内心被欲望而生的贪婪、饥渴、失望、仇恨、压抑、绝望……挤得满满的，这些东西在他体内膨胀，当他的身体像气球一样被无限放大时，那么他的身体就会爆炸。

博士把自己的调研报告交给了警察局。

警察局召开了新闻发布会，宣告了梦城里发生的几起自杀之谜。同时把奖金和金质奖章颁发给了博士。记者的镜头对准了博士，博士兴奋得滔滔不绝。

博士走出了会场，他依然非常兴奋，他感觉自己的身体轻飘飘，像气球一样膨胀，突然“嘭”的一声爆炸，如惊雷，接着冒起一股烟，博士瞬间便消失了，现场干干净净，连一点血迹都没有。

一个人说："欲望让人爆炸，没想到金钱和荣誉也会让人爆炸。"

（原载《山东文学》《小小说选刊》《青年文摘》转载）

◀ 蒙面人

路过梦城，我决定去看看老同学。老同学是梦城医院的院长。

当然我去看老同学是受朋友委托，朋友女儿今年就要从医学院毕业了，想去医院工作，想让我问问情况。

事先我没跟老同学联系，我直接去了梦城医院。

“我在医院门口。”到了医院我给老同学打电话。

“你在门口等着，我一会儿就出来接你。”老同学说。

等了好半天，都没见老同学出来，我东张西望时，一个人拍了一下我的肩，我吓了一跳，那人戴着黑口罩和墨镜，像个蒙面人，我说：“你是？”

那人哈哈笑了：“我就是你老同学啊！”

我说：“你化装了？我怎么认不出来你了？”

老同学四周看了看：“到我办公室去说。”

医院正在修门诊大楼，老同学带我绕过西边的临时门诊，那是一排排老式平房，穿过来绕过去，就像走迷宫。绕到后边，一座气派的住院大楼矗立在我眼前。

老同学说："等我们的门诊大楼修起时，你再来时，我们医院的环境，硬件在全国都是超一流的。"

我点着头说："不错啊。"

老同学突然拽住我，把我拖到一边："别从住院大楼下边走。"

我抬头望了望摩天大楼，没看出什么异样，我用疑惑的眼光望着老同学："为什么？"

老同学说："这里经常发生患者跳楼，发生了多起跳楼者砸死行人的事，前几天，一个护士就是被突然从天而降的大活人砸死的……"

我说："他们为啥跳楼？"

老同学说："这事复杂，几句话说不清楚，回头给你慢慢说。"

我跟着老同学从后门来到大厅，然后坐电梯来到28楼。在过道我看见几个医生和护士，他们都戴着警察一样的头盔，有的还穿着防弹背心，我奇怪地问："他们干吗穿这些？"

老同学说："医院经常发生医闹，病人家属常常带一帮社会闲人，冲进医院大吵大闹，有时不免发生肢体冲突，戴着头盔，穿着防弹背心，这样医生才有安全感。"

老同学来到自己办公室门前，他掏钥匙开门，我看见他门上挂的牌子是"后勤处"，我疑惑的眼光望着老同学："你不是院长吗？"老同学说："我是院长不错，你想想，如果我门上挂着'院长办公室'，不把我忙死累死才怪，不说别的，光医疗纠纷，病人家属就会整天坐在我办公室，我还能办公吗？"

我说："也是。"

老同学的办公室非常宽大，是个套间，里面啥都有。老同学把空调打开，哈哈一笑说："你看这像'后勤处'的办公室吗？"

我也哈哈一笑："像总统办公室。"

老同学坐下后，把口罩和宽大的墨镜取了下来，我没想到的是他脸上的胡子也是假的。

"你化妆干吗？"

"我是演员，我怕人认出来啊。"老同学故意这样说。

"我明白了，你现在是名人，你穿马甲，是因为你的粉丝太多，怕他们认出来了。"

老同学哈哈笑了。

我拿起桌上的报纸，《一个贪官落马的故事》引起了我的注意，一个包工头为包工程给某单位的领导行贿 200 万，才把工程拿了下来。我站起来，看了看对面正在修建的门诊大楼，我故意说："这么大的工程，没有 300 万的回扣，估计包不下来。"

老同学脸色变了："你有证据？"

我说："随便说说。"

老同学说："这种玩笑是谁便可以开的吗？"

我转移话题说，立马递上烟："医院那么多跳楼者，为何不装上防护网？我有个朋友，专门做防护网，包你满意。"我弟弟就是专门做防护网生意的，如果我能包下来，我也能拿回扣。

老同学接过我的烟看了看说："还是抽我的吧，洋烟，一个老板送的。"

接过老同学的烟，我点燃深吸一口："不错。"

老同学说：“防护网的事，我也在考虑……”

这时一个漂亮的女秘书敲门进来说：“院长，大家都在会议室等你。”

老同学拍了拍头说：“看我这记性，差点都忘了。你先在这等我，等开完会我请你吃饭，然后去夜半乐洗浴中心给你找点乐子。”

老同学走后，我坐在他宽大办公桌上玩游戏。

突然有人敲门，我一惊，最后鼓起勇气说：“请进！”

那人进门抓住我的手说：“你好！你好！”

那人也戴着口罩和墨镜，像个蒙面人，我说：“你是？”

那人取下口罩和墨镜说：“我就是林老板啊。”

我故意想了半天：“哦，哦……”

那人把麻袋朝墙角一放：“没啥东西，我带了点土特产。我的事还请你多关照。”

那人说完就走了。

一会儿，又有人敲门。

门被推开了，冲进一群人。其中一个人直奔我来，抓住我的衣领说，“今天看你朝哪跑？”

我说：“我不是院长……”

一个人说：“别以为挂着‘后勤处’的牌子，我们就不知道你是院长。”

又一个人打了我一拳，说：“我老婆死了，明显是医疗事故，但你们有后台，我们告不倒你们，今天不给钱，你休想走出门。”

我说："我不是院长……"

那人又是一拳："你签不签字？再不签，我打死你。"

有人开始砸东西。

我说："我签。"

那伙人兴高采烈地走了。

我锁上门，再有人敲门我说啥也不开了。

我目光落到墙角麻袋上，我突然想看看里面装得是啥土特产。

打开后，我吓了一大跳，里面全是一码一码的人民币。

我戴上口罩和墨镜，像个蒙面人，我提着麻袋悄悄走了。

（原载《喜剧世界》《微型小说选刊》《微型小说月报》《绝妙小小说》等转载。获第九届全国微型小说年度一等奖）

两条网虫的爱情

1

她是一条网虫，她的网名叫烛影摇红。

他也是一条网虫，他的网名叫霜天晓角。

他们相识在网上，他们谈得很投机，一见如故。

他们整天泡在网上，一日不见就非常挂念彼此。

他俩都到了该成家的年龄，父母都急了，要跟他们介绍对象，但遭到他们反对。

霜天晓角的父母押着他去相亲，他不情愿地望了女孩一眼，目光又回到自己随身携带的笔记本电脑上，他玩起了游戏。女孩被冷落在一边，最后气愤愤地走了。

霜天晓角在网上就对烛影摇红说，今天我去相亲，特没意思。

烛影摇红说，我今天也去相亲了，没感觉。现在都啥时代了，还相亲。

霜天晓角说，就是。

烛影摇红说，你有男朋友吗？

霜天晓角说，没有。

烛影摇红说，那你做我男朋友可以吗？

霜天晓角说，好啊。我们啥时结婚？

烛影摇红说，现在就可以在网上结婚。

霜天晓角说，好啊。

2

他们开始在网上布置新房，购买家具等，婚礼在网上办得很隆重，很多网友都来祝贺和送鲜花，他们感觉很幸福。

他们依然整天泡在网上，他叫她老婆，她喊他老公。

烛影摇红的父母看女儿同年的人好多都出嫁了，而女儿好像连男朋友都没有，父母心里就有点急，他们又想拽着女儿去相亲。

烛影摇红说，不去，我有男朋友了。

父母说，真的？

烛影摇红说，千真万确，我们都结婚了。

父母大吃一惊说，结婚了？我们怎不知道？

烛影摇红说，网上结婚。

父母松了一口气说，带回家看看。

3

同一时刻在霜天晓角的家里也是发生了同样的情景。

霜天晓角的父母看儿子同年的人好多都结婚了，而儿子好像连女朋友都没有，父母心里就有点急，他们又想拽着儿子去相亲。

霜天晓角说，不去，我有女朋友了。

父母说，真的？

霜天晓角说，千真万确，我们都结婚了。

父母大吃一惊说，结婚了？我们怎不知道？

霜天晓角说，网上结婚。

父母松了一口气，带回家看看。

4

烛影摇红和霜天晓角终于第一次在现实生活中见了面，彼此都很满意。

双方父母在临江仙酒楼也见了面，门当户对，心里也很满意。

双方父母都是梦城有头有脸的人物，岂能让儿女在网上草草结婚，他们大动干戈，装修新房，买家具，买结婚用品……

婚礼这天场面非常壮观，人山人海，连市长都来了。

客人走完后，霜天晓角说，结婚没意思，累。

烛影摇红说，你啥意思？

霜天晓角说，没啥意思，反正结婚是没意思，我们在演戏给大家看。

新婚之夜，两人开始了吵架。

早上睁开眼，望着身旁突然多出来一个人，彼此有点不习惯。

他们都没上班，父母的钱够他们用一辈子。

以前他们在网上有说不完的话，可面对面坐在一起，彼此却没话可说了。他们就看电视，手上的遥控器把节目翻了几遍，然后关了电视说，没意思。

烛影摇红说，中午吃啥饭？

霜天晓角说，没胃口。楼下对面就是餐馆，你想吃啥自己去。

烛影摇红说，一个人我才不去。

霜天晓角说，想吃啥，我网上给你订。

烛影摇红说，一份鸡蛋炒面。

后来，他们吃饭天天在网上订购，连馒头都在网上买。

他们整天窝在家里，日常用品和衣服等都是在网上订购。

5

两人的话越来越少。

烛影摇红说，我要一个私人空间。

霜天晓角说，我也要一个私人空间。

两人开始分床了，霜天晓角抱着电脑来到了另一个房间。

一天半夜，霜天晓角打开电脑说，我们生个孩子吧。

烛影摇红说，好啊。

霜天晓角推开烛影摇红的门，把她朝床上抱。

烛影摇红说，你干吗？

霜天晓角说，你不是说要生个宝宝吗？

烛影摇红拼命挣扎说，谁给你生，我说的是网上生宝宝。

网上的宝宝很快生了出来。

两人见面从不说话，有啥事就在网上交流。

霜天晓角说，为何我们的婚姻会走到今天这个地步？

烛影摇红说，我渴望爱情，爱情往往存在虚拟的世界里，但我又讨厌柴米油盐……

霜天晓角说，结婚没意思。

烛影摇红说，结婚没意思。

霜天晓角说，无聊啊无聊，寂寞啊寂寞，孤独啊孤独……

烛影摇红说，同感。

霜天晓角说，那就离婚吧。

烛影摇红说，离吧。

烛影摇红提着一台笔记本电脑，离开了仅一个月的新房。

网上的宝宝他们都没照顾过，后来饿死了。

后来，他们经常在网上相遇，但谁也没理谁。

再后来，都把对方拉入了黑名单。

（收入《都市新趋势》一书）

第四辑

人生百味

父亲的果园

父亲是个果农，经营苹果园。

父亲原本是个普通的农民，祖辈都是“面朝黄土背朝天”的勤劳人。后来我家的土地因修公路铁路和搞工业园等被征用了，失去土地的父亲很失落，每天望着我家屋后的荒山发呆。

父亲闲不住，他开始开荒。

父亲在满山坡上种上了苹果小树苗，青苗对于父亲来说，不仅仅是一棵果树，更是他的期待和希望。从一棵小小的树苗开始，它们需要从简单的施肥、浇水、除草、除虫，到嫁接、移苗，再到周而复始的重复管理。这样繁杂而又艰辛的劳动需要坚持至少四五年，这期间还要靠天时的风调雨顺，让小树苗长大。

几年后，果园飘香。父亲望着挂满枝头的苹果，喜笑颜开。

这一年大丰收。

在我的记忆中，我的初中高中大学的学费都是用父亲买苹果的钱交的。大学毕业后，我在县城工作，后又在县城安了家，周末我经常回到乡下帮父亲打理果园。父亲在果园里支起了简易的棚子，有时吃住都在果园里。

有一次我和父亲在果园里喝酒，彻夜长谈。

父亲得意地说："你是我们村的第一个大学生，好好干。"

我说："必须的。"

那夜我们谈了很多，总之一句话，父亲希望我好好做人。

在父亲的鼓励下，工作上我兢兢业业，平时忙得很少回乡下了。每年苹果成熟后，父亲都要采摘一大袋子送给我尝鲜，寓意平平安安。

经过几年的努力，我成为县城某局的一位局长。

春节，我开车带着老婆儿子回乡下过年。车后备厢塞满了东西，好酒好烟及各种礼物。

母亲喜笑颜开。

团年饭开始后，我打开我带来的茅台酒，给父亲斟满。

我说："父亲辛苦了一辈子，也该喝点好酒了。"

父亲端起酒杯，手有点颤抖。父亲激动地说："我这一辈子，还是第一次喝茅台酒，第一次喝这么贵的酒。"

我说："只要你想喝，以后天天都可以喝。"

父亲笑了。

我给父亲递上中华烟，给他点燃了。我说："我给你捎了两条中华烟，你以后慢慢抽。下次回来，我再给你捎几条。"

父亲第一次抽中华烟，他猛抽一口，然后闭上眼睛做陶醉状，然后慢慢吐了出来。父亲是个老烟民，熟练地吐出几个"圈"，他笑着说："不错，不错。"

这一晚，父亲喝醉了。

农村闲暇时光，人们喜欢串门。父亲高兴的掏出中华烟给大家发烟，他们接过烟反复观看，有点不舍的含在嘴里，然后点燃后，羡慕地说："好福气啊，都抽上中华烟了啊。"

其他人也说："好福气，沾儿子的光。我要有你这么一个好儿子，做梦都笑醒了。"

父亲听了心里非常高兴，哈哈一笑。

有人眼尖，看见了桌子上的茅台酒瓶子，吃惊地说："茅台酒都喝上了，我这一辈子还没喝过呢。"

另一个人说："我几里外都闻到了茅台酒的酱香味。"

又一个人说："你是属狗的吧！"

大家哈哈笑了。

父亲从他们贪婪的目光里明白了他们的意思，打开酒让他们一一品尝。

大家赞不绝口。

后来，大家知道父亲有茅台酒和中华烟，没事都来串门，趁机抽几根喝几口。

慢慢地大家不来了，他们由羡慕变成了嫉妒和恨，阴阳怪气开始说些不服气的话，他儿子就这点死工资，怎么天天喝茅台抽好烟？话中意思不言而喻。

这些话传到父亲耳朵里，父亲心里非常生气，开始变得闷闷不乐了。

这天，我回乡下看父亲。父亲没在家，母亲说在果园里。我去找父亲，父亲正在给果树打药。

我说："父亲，忙着呢。"

父亲冷着脸说："开花前全园喷第二次药剂，主要消灭蚜虫、红蜘蛛、绿盲蝽、卷叶蛾、卷叶虫等的初卵或出蛰的幼虫；保护苹果的幼嫩组织在花期不受白粉病、锈病、霉心病、花腐烂病等病害的侵染。"

我说："你给我说这些，我也不懂。"

父亲问："你告诉我，你给我的茅台酒和中华烟，是你自己掏钱买的吗？"

我一愣，随即点了点头。

"你实话告诉我，是不是别人送你的？"

"是的。"我低下头说。

"以后别给我送好酒好烟了，最近身体有点问题，医生建议我戒烟戒酒。"

"什么问题？"

"别问了，你走吧，我还忙着的。"父亲挥了挥手说。

我的确帮不上忙，只好走了。

苹果成熟后，父亲让母亲进城特意给我捎了一篮子苹果。

我迫不及待地吃了一个，外边看似光华红艳，里面的心却是腐烂的。我没在意，接连吃了几个，里面的心都是腐乱的。我好奇地用刀子又切开几个苹果，结果心都是腐烂的，其中一个里面还有一条虫子。

在篮子最底下我看到一张纸条：腐由心生，反腐从心开始。

我顿时明白了父亲的用意，这一夜我失眠了。

这一晚上，我做了一个决定：从明天开始，戒烟戒酒，拒绝参加老板的宴请……

（原载《小说月刊》）

四个大字

大舅考上安康农校时，我还在娘的肚子里。

大舅考上中专的消息，如一枚炸弹在那贫瘠的大山里爆炸。那时中专，国家分配工作，农村娃考上中专，就等于跳出农门，端上了铁饭碗。

大舅在高兴之余，又为学费发愁。开学时，外公卖了猪，凑够了学费。农村的孩子早当家，为了节省路费，100 多里路，大舅不坐车就走路去学校 。大舅在班上学习很刻苦，年年都是班上前几名。

中专三年，每年放寒暑假，大舅每次都是走路回家。

大舅中专毕业，分配工作时，本来分在本县，但大舅响应国家号召，支持西部大开发，毅然去了陕北的一个贫困县。

几年后，大舅又把全家人接到了陕北。

后来，我从妈的嘴里断断续续知道，大舅入了党，升了官，是县林业局的局长。大舅当了官，老家的亲戚都为他高兴，有的写信让他帮忙找工作，有的找上门来求他办事或借钱……大舅都婉言拒绝了。大舅在家乡人们心里的位置一下就下降了，都说他是个忘恩负义、六亲不认的人。再后来，大舅当上了县长，但两个女儿一直没有正式工作，凭大舅的关系，只要他想办法，安排工作可以说是举手之劳，但大舅一直没有以权谋私。

母亲骂大舅："是个死老瓜子不开窍，不会办事。"

亲戚们骂大舅："忘恩负义的东西。"

后来，母亲不提大舅，亲戚也不提大舅了，亲戚们都不跟大舅联系了。

多年后，我大学毕业了，参加了工作。

一转眼，二十多年过去了。一年春天，我路过陕北，决定去看看大舅，看看他到底是不是传说中的"怪人"。

我敲开大舅家的门，开门的是大舅母，她见了我非常高兴。

"大舅呢？"我问。

大舅母指了指远去的荒山说："你大舅退休后，闲不住，包了几十亩荒地，栽培树苗，有时吃住都在山上。"

我就朝荒山走去，我虽没见过大舅，但我一眼就认出了大舅，他在给树苗浇水，我喊了一声："大舅。"

"你怎么来了？"大舅停下手中的活，领我到坡上的那间茅草屋里。

我说："我想你。"

大舅笑了："是不是找我有啥事？"

我说："没啥事。老家人都说你坏话，我对你一直好奇，就来看看你老人家。"

大舅说："他们都说了啥？"

我说："反正说啥都有。别提这些了，我想听听你的故事。"

大舅说："我是个普普通通的人，没啥故事。"

我开始引导："你一生中，对你印象最深的一件事是啥事？"

大舅想了想说："那年我下乡调研，住在一家老百姓家，晚上女主人给我煮了两个鸡蛋吃。没想到的是，有人就写检举信告我强吃老百姓的鸡蛋，还捕风捉影地编造我跟女主人关系暧昧。上面派人来调查，我作风没问题，但吃了两个鸡蛋是事实，就为了这两个鸡蛋我写了检讨。这件事，让我明白了，不要拿群众一针一线。"

我说："我心中有个疑问，凭你的关系，完全可以解决儿女工作的问题，但你为何没给他们解决？"

大舅说："我反复掂量过，也想把他们安排在我的单位，但这样影响不好。把他们安排在别的单位，我又不愿意求人，也不好意思开口，这事就耽误了下来。就为这事，女儿都不认我这个父亲了。"

我说："你当官这么多年，怎么住的还是破旧的老房子？"

"两袖清风，没钱啊。现在，我栽培树苗，就是想赚点钱，给儿子买套房子，让他好结婚。你看这批树苗，明年开春就可卖了。"

我望着树苗说："你在位时，没想到弄点钱？"

大舅说："你还不知道吧，我的前任三个领导都是因为贪污落马了，他们至今还关在监狱里呢。自我当上县长后，我时时都在告诫自己：不要拿群众一针一线，要对得起四个神圣的大字。”

“哪四个大字？”我问。

大舅笑了笑，眼里充满了光芒。

大舅点燃一根烟说：“不要伸手，伸手必被捉。我现在自食其力，日子过得很充足也很踏实，这才叫生活。”

我竖起大拇指说：“路是自己选的，你的选择是对的。对了，大舅你还没有告诉我是哪四个大字？”

大舅自谦地说：“一官来此几经春，不愧苍天不负民。神道有灵应识我，去时还似来时贫。我生平最大的收获，就是把‘共产党人’这四个大字写得比较端正。”

我紧紧握住了大舅的手，这一刻我理解了大舅。

（获廉政小小说大赛优秀奖）

◀ 同学群

别谈感情，谈钱。这是李四的口头禅。

失散三十多年的高中同学终于聚在一起了，除了病逝的四位同学，50 位同学齐刷刷都来了。

这次同学们能聚在一起，感谢老班长张三建了一个同学微信群，同学们把跟自己走得近的同学拉进了群里，你拉一个，我拉一个，好不容易把人凑齐了。

那些日子，群里很热闹，我只是观望，很少在群里发言。同学们都混得好，我不免有点自卑。再加上三十多年了，有的同学都想不起来了，记忆里一片模糊。

群里最活跃的是李四，他在群里经常发红包，一发就是 200，并且都是连发，如果红包最大能发 1000，他一定也会毫不犹豫地发。抢到红包的同学就感谢李四，拍他马屁。李四就发一个呵呵一笑的表情。有人就开李四和马丽的玩笑，当年，李四曾给马丽写过情书，这情书被老师截获了，老师上报给了校长。这在 90 年代的山村学校，情书事件可是一件大事，校长在全校师生面前痛斥了李四一顿，校长为了整顿校风，还开除了李四。从此李四在大家的视野里消失了，他早早进入社会，刚开始打工，做小生意，后来包煤矿，大大赚了一笔，又开始承包工程和做医疗器材，如今身价几个亿，是同学们中最有钱的大老板。

张三在群里开玩笑说：情人节快到了，如今马丽又离婚了，李总该给马丽送花吧？

李四发了一个笑的表情：群里的女同学人人有份。

有同学骂李四重色轻友，李四就在群里发红包表示歉意。

李四提议：大家分别三十年了，同学们聚一聚吧！刚好下月我将回老家。

同学们纷纷表态，赞同，一致推荐群主张三负责聚会联络订酒店等事宜。

那天，我接到一个电话，是李四打来的，他说他已到了省城，住在喜来登大酒店，希望晚上见过面。我爽快答应了。下班后我坐公交车匆匆赶到了喜来登大酒店，这座酒店很有名，是外国元首来省城经常下榻的酒店。

在西餐厅里我见到李四，我们握了握手，李四很胖，我努力寻找他当年的模样，当年他可是个瘦子。

李四笑着说：“你还是当年的模样，没变啥！”

我呵呵一笑：“老了，岁月不饶人啊。”

我看见李四旁边站着一个美女，以为是他的女儿，刚想打招呼，李四指着这个美女说：“这是我的秘书，也是专车司机！她一路从北京开来，辛苦了！”

"李总真有雅兴，北京到省城一千多公里！"我想说坐飞机多方便，话到嘴边忍住了。

李四笑了笑，让他秘书给我点牛排，倒红酒。秘书面带微笑，落落大方。

我们开始叙旧，秘书上卫生间去了。我望着秘书纤细的身影小声说："你可以啊！找这么年轻漂亮的女人！恭喜你找到了真爱！"

李四哈哈一笑，得意地说："这世界哪有什么真爱？我告诉你，我换了六个老婆了，外边情人还一堆呢？别谈感情，谈钱。现在是个笑贫不笑娼的年代，感情算个屁。"

我不敢苟同李四的观点，我品了一口红酒，只是呵呵一笑。

李四说："老家有个项目，县长要亲自接待我，跟我一块回吧，顺便参加同学聚会。"

我说还早，单位不好请假，到时看情况。李四说，你必须来，不来，我跟你急！

聊了一会，时间不早了，我怕错过最后一班车，匆匆走了。

同学聚会这天刚好是周日，我回老家小县城，准时参加这次聚会。聚会地点是在凤凰国际大酒店，同学们见面后互相拥抱，互相开玩笑，岁月在每个人的脸上都留下了印记，有的变胖了，有的头发白了，好多我已想不起名字了。从他们的称呼中，我知道有的当了局长，有的当了院长，有的当了县委办公室主任，甚至有的级别是副县级了。

聚会的主角是李四，他是这次同学聚会的赞助者，所有的费用都由他买单。李四端起酒杯简单发了言，然后向大家敬酒。围绕在李四身边的都是当官的，有几个女同学主动向李四献殷勤，而我只是一个普通的职员，自然被冷落在角落边的一张桌子旁。我目光落到窗外的一辆豪车上，这辆车是兰博基尼，价值800多万，车上的那个美女引起了我的注意，我仔细一看，原来是李四的秘书。怪不得李四不坐飞机，开车来，他这是炫耀啊！

大家相互敬酒，李四喝高了。在同学们的掌声中，李四还跟马丽喝了交杯酒。李四一时兴起，打开皮包，从里面拿出厚厚一沓钱说："别谈感情，谈钱。"他随手一扬，红红的票子在空中飞舞，有一张飘落在我的面前，就在我犹豫该不该收下时，旁边的一个胖女人伸手拿走了。人们都在嘻嘻哈哈捡地上的钞票。

我闷闷不乐地走了。

后来李四依然在群里发红包，讲述他的成功学，不时嘴里还冒出一句"别谈感情，谈钱"。

第二年，李四又组织同学聚会，我没去。后来听说，这次同学聚会只去了几个人，去的几个都是当官的。

同学群里也安静了，有几个同学不知为何还退出了同学群，群里再也没有当初的热火朝天了，偶尔发个红包，人们也懒得抢了。

后来，同学群就没人说话了，原计划每年一次的同学聚会就这样流产了。

（原载《小说月刊》《作家文摘》转载）

谁比谁拽

一高一矮两个小青年在路上相遇，矮个子望了高个子一眼，高个子走上去啪啪两巴掌打在矮个子脸上。

矮个子被打懵了，有点莫名其妙："你为啥打我？"

高个子说："凭我家有38套房，三部车，看谁不顺眼就打谁。"

矮个子一乐："跟我比拽，好。我家有46套房，乡下还有近万平方米的豪宅，豪宅有护城河，建桥直接通入。四周用高墙围起的庄园里建有豪华别墅、保安室、游泳池、篮球场……"

矮个子举起手要打高个子耳光，高个子倒退一步，上下打量了一下其貌不扬的矮个子，不甘认输："我开的车是100多万的宝马。"

矮个子不屑地说："100多万算个鸟车，我开的是全球限量版的跑车。"

高个子又倒退一步："上个月我赴梦城阳澄湖吃大闸蟹，一顿花16万。"

矮个子把手缩了回来，说："你能吃，怪不得那么胖。我最多一顿也就花了10万，在吃上我认输。"

高个子前进一步："我泡妞108个，还有港台明星艳照，有录像为证，你想不想看？"

矮个子说："小巫见大巫了，这个我不如你。"

矮个子又说："我们不比这些远的无法核实的或摸不到的东西，就比现在看得见的摸得到的东西。"他掏出一包"九五之尊"烟，弹出一根，点燃后吐出一个烟圈。

"好，"高个子掏出一包"真龙"烟，弹出一根，点燃后也吐出一个烟圈。

"九五之尊"1800元一条，"真龙"1900元一条，这局不言而喻。

矮个子有点尴尬，抹了抹袖子，露出一块精美的手表："我这是蚝式恒动系列劳力士，价值6.5万。"

高个子抹了抹袖子，也露出一块金光闪闪的手表："我这是江诗丹顿18K玫瑰金表壳，而且是机械的，市场估计在20万元至40万元。"

矮个子不服气地说："我家还有几块名表，每天换着戴，刚好今天戴了个便宜的。"

高个子说："实话告诉你吧，我家有83块名表，每天都换着戴。"

矮个子扬起手镯："我这是正宗缅甸玉。"

高个子扬起手镯："我这是新疆和田玉，每克都比黄金贵。你看看我这么大的手镯，价值多少钱？有人给100万，我都没卖。"

矮个子指了指眼镜："我这眼镜是价值13.8万元的名牌。"

高个子看了看："原来牌子一样，我这也是13.8万元的名牌。"

矮个子得意地指了指自己的衣服："你猜猜看，我这套名牌西服是多少钱买的？”

高个子看了看：“最多2万。”

矮个子说：“算你眼睛‘毒’，猜对了。”

高个子说：“你猜猜看，我这套世界名牌西服是多少钱买的？”

矮个子说：“就你那破西服，还世界名牌，顶多1000元。”

高个子冷冷一笑说：“我告诉你，是1万美金，听好了是美金。就你这眼光，你说该不该打？”高个子举起手又要打矮个子耳光。

矮个子说：“慢着，鹿死谁手还不一定。我们比皮带，比皮鞋，比玉佩，比项链，比戒指……我这皮带5000，皮鞋6000，玉佩25万，黄金项链3万，戒指5万……”

高个子说：“我这皮带6000，皮鞋9000，玉佩100万，黄金项链8万，戒指9万……”

矮个子急了，说：“空口无凭，你这是信口雌黄吧？”

高个子拉开包，拿出一沓发票说：“不信，你自己看发票，我说的句句都是真的。这些都还没来得及找人报销呢。”

矮个子看了看，无语。

高个子举起手又要打矮个子耳光。

矮个子说：“等下，我爸是大煤老板，请问你爸是？”

高个子说：“我爸是市长。你说你该不该打？”

矮个子说：“怪不得你的手表这么眼熟，一定是我爸送的。估计你身上大部分东西都是我爸送的。”

矮个子突然跪了下去：“大哥，我错了，你打吧！”

（原载《小说月刊》《新智慧》《晚报文萃》等转载）

折腾

男人是个忙人，无暇顾及女人。

女人也忙，女人每天要去健身房，去美容院，去逛街……她要让自己的美丽永远留在男人的心上。

男人在单位是个头儿，每天都有忙不完的应酬，连周末都不属于自己，他自誉为公家人，他的身体，他的胃都是公家的。

男人满身酒气地回来了，女人就穿上新衣在男人面前展示："好看吗？"

"好看。"

女人说："你看都没看，就说好看。"

男人扫了一眼："真……真的好看。"

女人说："爱美是女人的天性。我明天去医院把单眼皮，改成双眼皮。"

男人说："还是原生态的好，折腾啥。"

女人撒娇："我就要折腾嘛。"

男人从身上掏出一张银行卡："今天一个老板送的，你要折腾就折腾去吧。”

女人亲了男人一口：“老公真好！”

第二天，女人就去医院把单眼皮改成了双眼皮。

一个月后，女人在镜子面前自我欣赏，她突然发现自己的鼻子有点塌，怎么看都不满意。

男人满身酒气地回来了，女人拉着男人的手说：“站好，面对面看我三分钟。”

男人不敢看女人的眼睛，头偏向一边。

女人说：“你是不是外边有女人，是不是做了对不起我的事，为什么不敢看我？”

男人就正眼瞧女人说：“我哪敢啊。”

女人说：“你看我的脸，能看出啥问题没？”

男人说：“完美无缺。”

女人说：“你在应付我，难道你没发现什么问题没？”

男人说：“没发现啥问题。”

女人说：“你看看我的鼻子，是不是有点塌，不好看？”

男人说：“别绕弯子了，有啥话就说。”

女人说：“爱美是女人的天性。我明天去医院做隆鼻术。”

男人说：“还是原生态的好，折腾啥。”

女人撒娇：“我就要折腾嘛。”

男人从身上掏出一张银行卡：“今天一个老板送的，你要折腾就折腾去吧。”

女人亲了男人一口：“老公真好！”

第二天，女人就去医院做了隆鼻术。

一个月后，女人在镜子面前自我欣赏，她突然发现自己的眼角有了皱纹，她大吃一惊。

男人满身酒气地回来了，女人拉着男人的手说：“站好，面对面看我三分钟。”

男人说：“都老夫老妻了，有啥看的。”

女人说：“你是不是嫌弃我了？”

男人说：“没有啊。”

女人说：“岁月不饶人啊，你看我眼角都有皱纹了，我想去做拉皮术。”

男人从身上掏出一张银行卡：“今天一个老板送的，你要折腾就折腾去吧。”

女人笑了，亲了男人一口。

第二天，女人就去医院做了拉皮术。

几天后，男人难得待在家里，男人无聊就看电视，电视上出现了一个美女，男人眼睛都直了。

女人醋意升了起来：“好看吗？”

男人不假思索地说：“不愧为台湾第一大美女。”

女人突然大叫起来：“我要去韩国整容，就照电视上那美女的样子去整容。”

男人说：“你疯了，折腾啥。”

女人撒娇：“我就要折腾嘛，我要折腾出一个‘天下第一大美女’的称号。”

男人说：“行，我陪你折腾去。”

男人以去韩国考察为由，带着女人一块去了。

女人整容后，简直换了一个人一样，走在街上回头率很高。

男人高兴，女人也高兴。

一天，男人和女人去逛街。男人的朋友把男人拉到一边说：“你行啊，又找了一个小的。”

男人笑着说：“没有啊，还是那原装货。”

朋友就说：“你骗鬼去吧。”

女人听了非常高兴。

回家后，女人感慨地说：“我还有几项工程没做，我要隆胸，抽脂肪……”

男人说：“你还要折腾？”

女人说：“我要像男人一样去折腾。”

男人笑了：“你一个女人，能折腾出啥来，还不是整天围着自己的脸面折腾来折腾去。”

女人说：“爱美是女人的天性，这就是女人的面子工程。你们男人为了政绩，整天围着面子工程折腾来折腾去，还不是跟女人一样。”

（原载《羊城晚报》《小小说选刊》转载）

羡　慕

张三和李四是同学，但他们两人过得却是两种截然不同的生活，张三是农民，李四是县长。

人比人气死人，张三对这句话有深深体会。每次李四开着车，带着大包小包来看乡下的父母，张三就羡慕得不得了，同是一样的人，咋就两种不同的生活啊，简直就是一个在天上一个地上。

张三和李四在乡下是邻居，小时候经常一块上山掏鸟窝，一块下河洗澡，一块去偷人家的水果，一块上小学，一块上初中……命运的转折点出现在初三那年，张三的父亲突然得病去世，为了操劳家务帮母亲干活，原本学习非常不错的张三辍学了，而李四就在这年考上了当地师范学校。师范学校毕业后，李四分到家乡一所非常偏远的小学教书，这所学校离镇上还有上百里，不通公路不通电，李四就经常唉声叹气，感叹命运的不公。他的好多同学有关系有背景的都分到镇上或县城条件不错的学校。李四一回家，两人就常在一起喝酒，张三也常安慰李四，好好干，总有出头之日。

每天放学后，静静的学校里只剩下李四一人，他常常望着连绵的群山发呆。为了打发这寂寞的时光，李四就写些散文、诗歌之类的东西朝当地报纸投稿，没想到的是当地日报发了他一篇散文，从此李四一发不可收拾，文章常常出现在省内外的报刊上。教育局想办一份内刊《教育通讯》，他们注意到了李四这个人才，就把李四调到教育局当编辑。到教育局后李四如鱼得水，又发了大量文章，认识了县上不少领导。后来，一个县长点名要李四给他做秘书。当了三年秘书，县长想培养他，就让他去下面一个乡当乡长，李四干得不错，一年后提拔当副镇长，几年后又像坐直升机一样，镇党委书记、局长，再后来又当了县长。而张三呢，老婆给他生了两个女孩，为了要男孩，不停地偷偷生，生到第5个才是男孩。一大家人，张三又没啥经济来源，日子过得紧紧巴巴，别的家都修了楼房，他依然住着土墙房，家里连个像样的家具都没有。

李四当了县长后，他成了家乡人的骄傲和榜样。

李四的父亲顿时也成了响当当的人物，好多人都想通过他打通关节，他过生日那天，镇上乡上的人都出动了，那整场那排场，让张三羡慕得不得了。

没事时，张三就去李四父亲家串门：“叔啊，你正有福气，生了这么个好宝贝儿子。”

李四父亲高兴地掏出一包软中华：“来，抽一根。”

张三接过后，放在鼻子上闻了闻：“好烟，听说一包就上百块呢。”

李四父亲哈哈一笑："不是吗，都是人家送我儿子的，他抽不完就让我帮忙抽。"

李四点燃烟，深吸一口，慢慢吐了出来："到底是好烟，味道就不一样。"

李四父亲说："我这还有几瓶好酒，茅台、五粮液……你要喝哪种？来，我们喝几杯！"

张三笑了笑："李四孝顺你的，你慢慢喝吧。"

李四父亲打开一瓶茅台："你又不是外人，实话告诉你吧，我儿子家好烟好酒都堆满了，旧的不去，新的不来，喝完了还有……"

张三品尝了一口："不错，我还是第一次喝茅台。"

李四父亲说："你猜这一瓶多少钱？"

张三说："我猜不出来。"

李四父亲得意地说："这瓶 1000 多呢。"

张三大吃一惊："妈呀，这么说刚才我一口就喝了几十块钱。"

喝完酒后，张三东倒西歪回家。

张三把儿子叫来训话："你看人家李四，人家当县长多风光，你再看看他老子跟着沾光，抽的烟是 100 多一盒，喝的酒是 1000 多一瓶，你要好好学习，长大了也要当县长……"

儿子说："县长是多大的官？"

张三翻了翻眼："跟你说不清，反正很大。"

儿子说："我想起了，县长好像是个七品芝麻官，我长大了要当皇帝。"

张三哈哈大笑："有志气，长大就当皇帝，气死他们。"

这天张三睡得特别香，醒来时已是第二天中午。

门外的一辆豪华小车引起了他的注意，他知道准是李四回来了。

"你回来了。"他出门一看，果然是李四，李四以前是个瘦猴子，自当县长后身体就像气球一样迅速胖了起来，那肚子就像个孕妇。

李四笑着伸出手："你好，你好。"然后递上一根好烟。

张三有点受宠若惊，围着小车转了一圈，非常羡慕地说："还是你好啊，我好羡慕你啊……"

李四哈哈一笑："我有啥羡慕的。"

张三说："你看你多风光，多神气……"

这时，李四的手机响了，省上一个朋友给他透露一点消息，书记被双规了，要他也做点思想准备。李四接完电话后脸色顿时变了，"我好羡慕你啊，农夫山泉有点'田'……"

张三没注意李四的脸色："你羡慕我？你没搞错吧？"

李四说："我现在真的好羡慕你。"

李四说完这句话，一下瘫软在地上。

（原载《新民晚报》《小小说选刊》转载）

◀ 酒鬼宋九贵

酒鬼原先不叫酒鬼，叫宋九贵。宋九贵的梦想是成为品酒大师，但现实的生活把他变成了酒鬼。

宋九贵以前滴酒不沾，自厂子倒闭，老婆跟人跑了后，为了打发无聊时光，他就开始喝酒，整天喝得醉醺醺，其实就是微醉而已，他需要这种走路有点飘的感觉。宋九贵还经常手上拿着酒瓶在街上东倒西歪地转悠，人们见了他都躲得远远的，他总是哈哈一笑，嘴里还唱着“皇帝请我去当女婿，我嫌路远我不去”。

宋九贵就这样醉醺醺过了一年。朋友去他家，见他家里空酒瓶东倒西歪满地都是，朋友好奇地数了数，365个，吃惊地说：“这都是你一年喝的？”宋九贵得意地说：“当然，不是我一个人喝的，还能是谁？”朋友说：“你真是个酒鬼！”于是“酒鬼”的名声四处传播，越传越玄乎，有人说他千杯不倒，梦城的喝酒第一高手。

消息传到他同学麦子山耳朵里去了。麦子山开了一个建筑公司，经常需要接待政府官员和各地企业老板，虽然他有漂亮的公关小姐，但这些公关小姐的酒量无法跟宋九贵相比，经常是客人没醉，这些公关就倒下了，所以他就想邀请宋九贵加入他的公司。

麦子山亲自登门造访，开玩笑地说："我前两次来，你都没在家，我这是第三次来请你出山，三顾茅庐，我可是真心邀请你。"

宋九贵说："生活不顺，业务都荒废了，我整天只晓得喝酒，是一个废人了，请回吧！"

麦子山真诚地说："你到我公司，什么也不需要做，只要能喝酒就行。"

宋九贵半信半疑地说："真有这么好的事？喝酒还发工资？"

"当然，"麦子山说，"你的工作就是陪客人喝酒，把客人喝高兴就成，每月还有奖金。"

宋九贵第二天就去了老同学的公司上班。

白天，宋九贵没事干，就在单位跷着二郎腿看报纸喝茶，要么就在单位睡觉。晚上，就随老板陪客户喝酒，客户喝得高兴往往在酒桌上就把合同签了。

一来二去，宋九贵的酒量猛涨，跟客户也熟悉了。一个客户知道宋九贵单身，就给他介绍了一个离婚的女人。两人一见面，都很满意，婚事就在酒桌上定了下来，很快两人就结婚了。

婚后，宋九贵依然经常晚上随老板陪客户喝酒，晚上每次回家都是醉醺醺的，一身酒味，倒在床上就睡。时间久了，老婆就有意见的，说喝酒伤身体。宋九贵笑着说，知道了，以后尽量少喝。宋九贵嘴上虽然这样说，但照喝不误。老婆见劝说不起作用，旁敲侧击地说，人要有梦想，你的梦想是啥？宋九贵摸了摸头说，我都一把年纪了，还谈什么梦想，如果要说梦想，我还真有，我想成为品酒师。

老婆说，刚好一家酒公司招聘品酒师，你可以去试试。

宋九贵也厌倦了整天晚上陪客人赔笑脸、看人眼色的生活，他决定去试试。

宋九贵穿上西装就去酒公司应聘，主考官问道："品酒步骤是什么？"

宋九贵心里在想，怎么问这么简单低级的问题，他回答道："主要为一看，二嗅，三尝。不过，在品酒的时候，不可以先尝后闻，也不可以先过了酒瘾再品酒。"

"白酒如何质量鉴别？"

宋九贵说："先要了解各类香型酒的风格。熟悉酒的风格是一个基础，如浓香型白酒窖香浓郁、绵甜爽洌、香味谐调、尾净味长；酱香型白酒如茅台酒，酱香突出、幽雅细腻、酒体醇厚、回味悠长、空杯留香持久；米香型白酒米香清雅、入口绵柔、落口爽净、口味怡畅……除了要掌握每个香型酒的特点，还要在同一类型、不同质量酒的品评中找出相互间的差别。此外，还需要对各等级酒作出鉴评。"

经理故意刁难说："不能光纸上谈兵，夸夸其谈。"他摆上了十几种酒，伸了伸手说："请吧！"

宋九贵依次品酒十几种，均说出了酒的年份、度数等，考官们无不震惊。

经理向女秘书使眼色，女秘书去卫生间接了杯尿递上，宋九贵品后说："女，22岁，有身孕3月！"

顿时全场鸦雀无声。

宋九贵以为应聘失败，怒道："如果不把这份工作给我，我就把孩子他爹说出来！"

在场的几位领导异口同声地说："你被录取了。"

宋九贵成为品酒师后，工作兢兢业业，酒公司根据他的提议又开发了几款新酒，销量不错。

宋九贵终于成为品酒大师，成为我们梦城的名人，很多酒厂都想高薪聘请他，都被他拒绝了。当地媒体采访他，他也拒绝了，但他只说了一句话：人只要有梦想，就不要放弃，只要努力拼搏奋斗，说不定万一就实现了。

（原载《小说月刊》2022 年 9 期）

变脸

吴小艺是我的闺蜜，无话不说。

单位组织去成都旅游，吴小艺兴高采烈，她说：“我要拜师学艺，学川剧变脸。”

我说：“刚好我有位同学的老师，就在川剧团，擅长变脸的绝活。”

吴小艺说：“好啊！”

从峨眉山回来后，在同学的带领下，我们去拜访了川剧团的老师。老师现场给我们做了示范，讲了一些窍门和技巧，吴小艺以前上台表演过秦腔，有扎实的功底，所以学得很快，学会了简单的变脸。

回到西安后，吴小艺又被朋友引荐到剧团，客串了几次小角色，纯属于帮忙性质。

不久，某大单位为办年会，还邀请了好多企业的老板，为活跃气氛大单位重金邀请剧团，剧团人手不够，就把吴小艺带了过去。

年会上，吴小艺独自上台时，她大胆创新，把流行歌和秦腔融合在一起，这种通俗易懂的歌词加上秦腔口音，顿时赢得掌声一片。在舞蹈动作和歌声的掩护下，随即她又表演了变脸的绝活，她的脸一会变绿，一会变红、一会变白……变了七八张不同的脸，掌声随着她每次的变脸，一浪又一浪推向了高潮。

几个老板登台纷纷给吴小艺鲜花。

后来，吴小艺成了大忙人，我们见面的机会越来越少了。每次打电话，她总是在国外旅游。

不久，吴小艺结婚了，嫁给了一个大老板。

一天，吴小艺约我去她家做客。她是开着宝马车来接我的。她家的别墅好气派，欧式风格，还带游泳池，客厅装修豪华，金碧辉煌，我非常羡慕。她带我参观了她的房间，客厅还装有电梯，直通三楼。我咋着舌说：“这套别墅价值好几千万吧？”

吴小艺笑着说：“只多，不少。”

我又问：“你老公呢？”

“忙他的生意，全国到处跑，很少回家。”

我在客厅的沙发坐下，她喊道：“保姆，给客人倒杯茶。”

一个上了年纪的保姆给我倒了一杯茶，她看上去50多岁，目光怯怯的，不敢看人。老保姆倒完茶，走到一边去了，随时等候吩咐。

“保姆，给客人削个苹果。”

老保姆走了过来，一脸谄媚和惶恐。

老保姆削苹果时不小心把手划了一个小口子，血流了出来。

吴小艺说："你怎么这么笨，连个苹果都不会削？"

刚好我包里有创可贴，我拿了出来，递给老保姆，她望了吴小艺一眼，不敢接。

吴小艺说："不管她，你吃香蕉，这是进口香蕉。"吴小艺扳了一个递给我。

吴小艺陪我聊天时，还不停地指挥那个老保姆干这干那，老保姆忙前忙后，额头也开始冒汗。

我看老保姆行动不很便利，便问："为何不找一个小姑狼？"

"别提了，上次那小姑娘被我赶走了。"

"为啥？"

"人小鬼大，老在我男人面前眉来眼去，看到就恶心。"

我呵呵一笑。

突然餐厅传来嘭的一声，一个玻璃杯掉在地板上碎了。

吴小艺走过去，开始斥责那个老保姆，那表情好陌生好可怕，她正眼都不瞧一下那保姆，目光平视："你怎么这么不小心呢？快把玻璃碴给我清理干净，然后用抹布擦几遍，再用蜡打几遍，一定要照出你的影子为止！"

老保姆点点头，大气都不敢出。

老保姆清理完玻璃碴，开始跪在地上用抹布擦地板。老保姆战战兢兢从卫生间拿出一筒蜡，却不小心碰倒了水盆，于是，水漫地面，老保姆脚下一滑，扑通摔倒，半天没爬起来。

吴小艺开始咆哮，开始骂人，脸都变绿了，一转脸，立即堆满了笑意对我。我的心一瞬间却，冷到极致，天哪，她竟会变脸！

我护起老保姆，对吴小艺说："我还有事，我先走了。"

吴小艺的脸上又堆满了笑，再三挽留："等吃完饭，我带你去唱歌吧！"

"我真有事。"我快步离开了这栋豪华别墅。

后来，我再也没见过吴小艺，她打来的电话我也不接，在我的内心里，已经不拿她当作朋友了，也许到现在她都不知道我为什么突然间地疏远了她，我无意鄙薄别人的人格和处事方式，但我知道人性的低下和高贵在这样的细节上是能看得出来的。因为我不喜欢会"变脸"的女人。

（原载《百花园》）

最美的善举

电视上的一条新闻让张三兴奋和激动不已。

某市公交车着火，37 人被烧死，58 人被烧伤。这是一场人为纵火，犯罪嫌疑人被烧死。张三看完新闻后，哈哈大笑，连叫三声“痛快”。

张三一直想干一件惊天动地的大事，他没想到有人比他提前做了。

张三感到自己一生不顺，他下岗后，父母病死，老婆跑了。为了生存，他在路边摆一个烟摊，被城管追得四处跑，最后烟摊还是被城管没收了，还被暴打一顿。按照他家里的情况，吃了上顿没下顿，完全可以享受低保，他申请了几次，腿都跑肿了，还是没申请下来。他想不明白，吃低保的人都比他家里条件好，像村里首富李四，他母亲就吃低保。像王二麻，开着宝马，他父亲也吃低保，还有村长的七大姑八大姨都吃上了低保……后来他终于想明白了，吃低保要凭关系。更让他生气的是，半夜他被人捆到车上扔在郊外，等他赶回来时，城中村的老房子一夜之间被人强拆了。为此，他多次上访，多次被拦截，好不容易找到有关部门，他又像皮球一样被踢来踢去。

“你们再不解决，我就要炸区政府了。”张三生气地说。

“你有种，就去炸！谁让你当‘钉子户’，活该。”工作人员抖了抖报纸，不屑地说。

“你等着，我要把区政府夷为平地。”

“就你这熊样，也不撒泡尿照照，还敢炸政府。”工作人员哈哈大笑起来。

工作人员羞辱了张三一番，张三回家后病了一场。

张三真的准备要炸区政府。

要不是炸药和雷管不好找，否则他真的炸了区政府。

张三就想别的办法，他想到了烧公交车，因为汽油容易搞到。同村的王二麻发财后，走路的姿势和说话的腔调都变了，张三非常看不惯。半夜他翻进王二麻院子，把他车上的汽油偷光了，他还不解恨，在车上还狠狠划了几刀。

第二天中午，张三哼着歌，提着汽油挤上了一辆公交车。

车上人很多，很热。

车上上来一个红头发的小伙子，此时有人下车，张三见位子空了就准备去做，红头发小伙子抢先一步坐了上去，张三就站在旁边。红头发的小伙子用手扇着鼻子，说：“臭死了，朝一边站去，别站在我这里。”

大热天，张三半月都没洗澡，身上散发出臭烘烘的味道。

张三生气了，他连死都不怕，自然底气十足：“这又不是你家的公交车，我想站哪就站哪！”

红头发突然站了起来：“你再说一遍。”

张三说：“别说一遍，十遍我都敢说。”

红头发捏着鼻子说：“你有种！一看你就是民工，你欠揍了吧，你再说一遍，否则你就给我滚下车去。”

张三说：“这又不是你家的公交车，我想站哪就站哪！”

红头发一脚把张三踢倒，张三从车上爬起来，他看见车上人的目光很冷淡，有的还在偷笑。车上人的冷漠刺痛了他的心，他想我要你们都死。他朝车门口走去，他要堵住门口，点燃汽油，烧死车上所有的人。

张三一屁股坐在车门台阶上，他摸了摸身上的打火机。

“叔叔，你坐我这里吧。”

张三一抬头，他看见坐在车门口的一个戴红领巾的小男孩，面带微笑，目光很真诚。

“叔叔！你坐我这里吧。”小男孩站了起来。

“没事，我坐这里挺好的。”张三一怔。

小男孩说：“我爸爸跟你一样，他也是民工，在工地干活，你们大人都很辛苦，你就过来坐吧！”

张三看了看自己的打扮，又提着一个脏兮兮的塑料桶，的确像一个民工，他嘴巴动了动，又动了动，想说什么，小男孩以为他口渴，从书包里掏出一瓶矿泉水，递给张三说：“叔叔，你口渴了吧，喝一口，你别嫌脏，这是我从家里灌的自来水……”

张三声音有点哽咽：“谢谢，我不口渴。”

车到下一站，张三站起来，摸了摸小男孩的头说：“好好学习。”

张三快跑下车，他把汽油桶扔进了垃圾堆里。

车上的人也许永远都不会想到，小男孩一个善良的举动，挽救了他们的生命。

（《杂文选刊》转载）

第五辑

世相百态

爱莲说

新上任的牛局长是个爱莲之人，他的办公室里挂着一幅荷花图，他的家里还挂着一幅大大的草书，是周敦颐的《爱莲说》。

马皮是牛局长的秘书兼司机，善于察言观色，在局里算是一个八面玲珑的人，有事没事总喜欢朝牛局长办公室跑，新来的牛局长通过马皮也知道了局里的情况，毕竟牛局长是新来的，对局里情况还不熟悉。

新茶上市，马皮提着两罐包装精美的茶叶走进牛局长的办公室，他说："老家自家产的新茶，不值钱，请局长品尝一下。"

牛局长笑盈盈地收下了，泡了一杯，望着杯中根根竖起的毛尖，他放在鼻子上闻了闻，笑着说："香气缭绕，果然是新茶。"

马皮笑着说："明前茶，是我老母亲亲自采摘的。"

牛局长品尝了一口，赞不绝口："好茶，味道不错。"

马皮竖起大拇指，笑了。

"你老家是哪里的？"牛局长问。

"紫阳的。"

牛局长又品尝了一口，望着马皮的眼睛说：“不对啊，这不像是紫阳茶，应该是西湖的龙井吧？”

马皮有点尴尬，随即笑着说：“局长不仅是个爱莲之人，还是一个品茶高手。实话告诉你吧，这是一个老板送你的，他想请你吃饭。”

“茶我就收下了，饭就免了。”牛局长淡淡地说。

牛局长回家，发现储物室里多了两箱茅台酒，他问妻子：“这是谁送的？”妻子说：“是你的司机昨天送来的，我忘了告诉你。”牛局长生气地说：“一个司机哪有钱买茅台，一瓶好几千，一定是哪个老板送的，今天他们送你酒，明天就会送你更贵重的东西，一旦开了口，后果不堪设想。”

牛局长回到书房，望着墙上周敦颐的《爱莲说》沉默了半天，掏出手机给马皮打电话，让他立即把两箱茅台酒搬走。

马皮说：“还是那个老板孝敬你的，我怎么好送回去，你给我一个面子，你就收下吧。”

牛局长发火了：“立即赶紧给我搬走。”

马皮灰溜溜地来了，把酒搬走了。

转眼几个月过去了，期间马皮又推荐了几个老板引荐给牛局长，但都被牛局长拒绝了，说他们想要揽工程，就走正常渠道，公开公平公正地去竞争，不要走歪门邪道。

中秋节前，马皮提着一盒月饼神神秘秘地来到牛局长家，他放下就走。牛局长打开月饼盒，里面全是几沓整整齐齐的人民币。里面还有一张黄金名片，是一家民营企业的老板。

这天晚上，牛局长在书房抽了半包烟。

中秋节这天，牛局长突然想回乡下老家，就让马皮开车送他。说走就走，走高速一个多小时就到了县城，然后再走半个小时山路就到了牛局长的老家。

车刚停好，70多岁的老母亲就迎了上来，左右看了看，问儿媳和孙子怎么没有回来，牛局长说，儿子今年高三，补课。牛局长从后备厢里拿出十几盒月饼。母亲一脸不高兴地说："你提这么多月饼回来，是别人送的吧？"牛局长编了一个理由说："现在谁送月饼啊，这都是我自己掏钱买的。再说现在对公款管得严，谁还敢拿公款去买月饼？！"

母亲说："自己花钱买月饼，这就对了！"

牛局长说："我爸呢？"

母亲说："在田里挖藕呢。"

牛局长就去田地，看见了挖藕的老父亲。父亲已是满头白发，满身都是泥，父亲种了一辈子的藕，他种的莲藕在当地都很有名，因为当地喜欢吃炖莲藕，而父亲种的莲藕容易炖软。牛局长心里酸酸的，五味杂陈，他喊了一声"爸"，声音有点颤抖。

"你回来了！"父亲高兴点头说。

"爸，我来帮你挖吧？"

"不用了，刚好挖完，我正准备收工呢。"

马皮第一次见牛局长的父亲，热情地递上烟说："叔啊，你歇一下吧，坐下抽根烟！"

父亲接过烟，坐在田埂上，马皮凑了过去掏出打火机点燃，然后左右看了看说："叔，这么大一块藕田，也不请人帮忙挖？"

父亲说："现在不好请啊，一天三百，还要好酒好菜招待，不划算，就当我每天锻炼身体。"

马皮附和着说："是是是。"

父亲得意地说："别小瞧这一亩多藕田，狗娃（局长小名）上小学、上初高中，甚至上大学的费用都是靠这一亩多藕田，没有这些莲藕他能有今天？"

牛局长拦住父亲的话说："爸，都是过去的事了，别提了。"

父亲意味深长地说："我虽然识字不多，但我知道莲藕'出淤泥而不染，濯清涟而不妖'这句话。"

牛局长说："这是荷花。"

父亲反驳道："一回事，没有出淤泥而不染的莲藕，哪有洁身自好的荷花？"

马皮挑着莲藕跟着老人回家。

母亲在厨房里忙了起来，父亲跟儿子在客厅聊家常。

牛局长难得回家一次，母亲做了几道牛局长喜欢吃的菜，其中就有莲藕炖猪蹄。牛局长拿出自己带的西凤酒，跟父亲倒了一杯酒，两人边喝边聊。

老父亲拍了拍牛局长的肩膀，语重心长地说："你从一个山里娃，能成为咱村里最大的官，不容易！我在电视上看到这个官被抓了，那个官被判了，我总为你捏把汗。记住，不要占公家便宜，下次你给老人买月饼，一定要花自己的钱。记住，你是山里人，你是山里永远的莲藕！"

牛局长频频点头。

吃完饭，牛局长告辞，母亲在车的后备厢里塞满了莲藕和其他的蔬菜，还有一只现杀的土鸡，说是给孙子补身体的。

在回城的路上，牛局长躺在车上一直默默不语。快到家时，牛局长终于开口了，语气非常坚决："你把马老板送我的那盒月饼，就是装满钱的月饼退回去吧。"

马皮没有反驳，说道："好的。叔说得对，你是山里的莲藕！"

（原载《北方文学》）

◀ 廉正烟

同学中混得最好的还是邹大国，他是县医院的一把手。

同学们私下里都在叫他“邹四多”，说他车多房多钱多情人多，当然这是开玩笑而已。

那天，我到县医院去看我的母亲，在医院门口遇见了邹大国，20 年没见了，我一眼还是认出了他，但我不知道他是这家医院的院长，我望了他一眼，他也望了我一眼，他显然没认出来我，就在他的目光落到一位年轻漂亮的护士身上时，我说：“你是邹大国吗？”

他的目光收了回来：“你是？”

我报了自己的名字，然后问：“你怎么也在这里？”

他呵呵一笑：“这就是我的医院！到我办公室去坐坐。”

我跟着他来到二楼他的办公室，门上醒目地挂着“院长办公室”，直到这时我才知道他是医院的院长，他的办公室很豪华，是个套间，里面有床有卫生间。

他给我泡了一杯龙井，我看见他茶几上的烟灰缸里堆满了烟蒂，我犹豫了一下，掏出一包不到十元的“廉正牌”烟，弹出一根准备递给他，他看了一眼我的烟，立即从兜里掏出一合软中华，弹出一根说：“抽我的吧！我一直抽中华烟，习惯了！”

我接过他的烟，有点尴尬。

在我抽烟的几分钟时间里他电话不停地响不说，不时还有人敲门来汇报工作。抽完烟我就走了，我知道他是一个大忙人，

我跟邹大国再次见面是一年后。

那天我下班回家，一辆小车停在我面前，玻璃摇了下来，邹大国面带微笑向我挥手：“上车吧！”

“你怎么来省城了？”

“开会，顺便来看看你这个大记者。”邹大国依然面带微笑。

邹大国的司机把我们带到一家豪华的酒店，看来他的司机对省城已是熟门熟路。司机点了一桌好菜，很丰盛，天上飞的，地上跑的，水里游的都有，喝的酒是茅台。

几杯酒下肚后，我说：“今天让你破费了，你是不是有啥事求我？”

“老同学叙叙旧而已，没别的意思。”

“来，抽根烟。”我哈着酒气，掏出“廉正牌”烟说。

“还是抽我的吧。”邹大国嘴上叼了一根，然后给我递上一根中华，点燃，嘿嘿一笑，“你一个大记者，就抽这种廉价烟？”

“便宜，实惠，再说我烟瘾也大。”我也嘿嘿一笑。

“廉价烟，伤身体。”

我转移话题说：“你这次一定是有事求我，你说，只要我能

办到大，一定帮你办成。”

邹大国摸了摸头说：“我还真有一件小事，我们医院准备申报三甲医院，你帮我写篇文章吹捧一下本人和医院……”

我说：“目前国内三甲医院的数量是严格控制的，不是随便就申报成功的。卫生部要对硬件、软件进行评估，要多次去医院实地考察。”

“这我知道，其他我自有办法，你只负责给我‘吹’就是，材料我都给你准备好了，到时我司机会给你的。”

那天，我喝醉了，都不知道是怎么回家的。第二天醒来，我才发现那个黑袋子，我打开一看，里面是一条中华烟和医院的材料，最下面还有一个厚厚的信封，打开一看，里面全是崭新的百元钞票。

熬夜几个晚上，稿子终于写了出来，发给邹大国过目，他很满意。

不久，这篇长篇通讯报道在我负责的版面上发了出来。

第二年，县医院终于被评上了三甲医院。电视上也报道了他，他被市上评为十佳院长。

此后，我和邹大国各忙各的，一个在省城，一个在县城，始终没再见面。期间，我在网上看到了各种负面消息，有举报他包养情人的，有举报他吃回扣的，有举报打着为职工修建住宅楼，实为自己修建别墅……但几年过去了，邹大国依然还是院长。我听私下里有人说他：妓女睡觉，上面有人。

转眼又是两年过去了，我去某监狱采访。采访完毕，正好是罪犯们放风的时间，在一堆堆的人群中我发现了邹大国，他虽然穿着囚服，留着小平头，但我还是一眼认出了他。

“大国同学，你怎么在这里？”我走过去拍了拍他的肩膀。

“你是？”他一愣，半天才回过神来，不好意思的，“原来是你！”接着叹了一口气，“说来话长，有烟没？”

我说：“我知道你一直抽中华烟，我可都是便宜烟。”

“我烟瘾大，快给我一根。”

我掏出半包“廉正牌”烟递了过去，他接过四周看了看，弹出一根，点燃后贪婪地吸了一口，然后幽幽地吐了出来：“味道不错，虽然有点辣有点苦，但好抽……”

（原载《小说月刊》）

手莫伸

张三和李四从小一块长大，从小就暗暗较劲，他们不仅是同学，还是情敌。

高中毕业，他们同时考上了省城师范大学，在大学里的老乡会上，他们认识了王二倪，两人同时喜欢上了她。王二倪也很纠结，两个男生她都有点喜欢，张三不善言辞，诚实本分。李四油嘴滑舌，英俊潇洒。如果二合一该多好啊，她也知道鱼和熊掌不可兼得，父亲的那句话常在她耳旁回荡，“找男朋友要找诚实本分的，帅又不能当饭吃，还易花心”，最后她选择了张三。

那时大学生国家分配工作，三人毕业后都分到了离县城百多里外的一所偏僻的中学。

两年后，张三和王二倪结婚了。李四痛哭一场后，离开了学校，通过父亲的关系他转行到县政府上班。

王二倪家在县城，她也想把工作调到县城的城关中学，但调工作谈何容易，她听说了要想调到县城，至少要花 10 万，两人刚结婚，手头也不宽裕，这事就慢慢搁浅了下来。直到又一个同事调走了，她的心又开始蠢蠢欲动，她委托一个朋友牵桥搭线，把2万送给了教育局局长。一年过去了，一点动静都没有，她知道自己的钱塞少了，这事黄了。王二倪几次想去局长家把钱要回来，张三就劝她算了，如果要恐怕今后就有小鞋穿，吃过哑巴亏算了。王二倪就发脾气，说张三无能没本事。

随着小孩的出生，王二倪想把工作调到县城的愿望就越来越强烈，只要离开大山，就算调不回县城，县城附近的川道学校她也愿意。

一天，王二倪去县城开会，在街上遇见了李四。

李四说："这些年你好吗？"

王二倪叹了一口气，没正面回答，她说："你呢？"

李四说："刚开始给县长当秘书，后到镇上当书记，接着到卫生局当副局长，兼县医院的院长。"

王二倪一惊："几年没见，没想到，你爬的这么快啊！"

李四呵呵一笑："以后有啥困难，只要你提出来，我一定想办法帮你解决。"

王二倪望着李四，随口说道："你能帮我把我调到城关中学吗？"

李四淡淡一笑："没问题啊，城关中学的校长和教育局局长都是我哥们。"

"真的吗？"

"当然是真的，"李四说，"上车吧，我带你去一个地方。"

王二倪上了李四的车，来到一幢豪华的别墅，别墅金碧辉煌，装修得就像皇宫。

“这是哪里？”

“我的家。”

“你老婆呢？”

“离了。”李四轻松地说，“实话告诉你吧，这别墅我不常住，我有20套房，40个车位……”

“你哪来这么多钱？”王二倪惊呆了，如果当初选择李四，这将会是一种什么生活，她不敢想。

李四笑了笑，不语。

当夜，王二倪留在了别墅。

不久，王二倪果然没花一分钱，顺利地调到了城关中学。

从此，王二倪经常去李四的别墅幽会。李四还偷偷带着王二倪去了趟香港和澳门。回来后，王二倪开始看丈夫张三不顺眼了，吵着要离婚。

“你外边是不是有人了？”张三说。

“没有。”王二倪有点慌乱。

张三不信，同时坚持不离婚。

张三也听到了王二倪一些闲话，刚开始他不信，偷偷跟踪了几次，终于发现了王二倪和李四在别墅幽会。张三恨不得冲进去，好好收拾李四一顿，想来想去，他装作什么都没发生，最后回家了。

第二天，王二倪回来了。

“昨晚干啥去了？”张三平静地说。

“加班。”王二倪镇定地说。

“以后记得早点回来。”张三装作什么都没发生，旁敲侧击的说，“昨天我在街上遇见了李四，别看他现在春风得意，‘手莫伸，伸手必被捉’，他这只‘苍蝇’迟早会出事的。”

张三不罢休，咽不下这口气，他就开始搜集李四的证据，在网上匿名举报。说李四住别墅，开豪车，包情人，在人事、药品、设备采购、基建等方面大肆暗地捞钱。当然好多都是他听别人说的。

上面派人来调查，结果不了了之，李四依然稳坐钓鱼台。

张三明白，李四有靠山，要扳倒他不容易。

两年后，张三没想到的是，外县的一起医院院长受贿案牵出涉及三市的受贿串案，李四被牵扯进来了。

李四被逮捕了。

不久，省城的一家报纸对这事做了报道，报道中说李四在外边包了 6 个情人。

张三把报纸递给了王二倪：“手莫伸，伸手必被捉。”

王二倪匆匆看了一下标题，长叹一声，脸慢慢变绿了，气得说不出话来……

（原载《河南文学》）

捉猴记

中秋节这天，毋旺根开着奥迪车，拉着妻子和儿子，一同回到老家猴山，看望父母。

车刚停好，70多岁的母亲和父亲就迎了上来。母亲拉着儿媳的手问这问那，父亲摸着孙子的头一脸笑容。看着身边停着的黑色奥迪车，老父亲看了一圈又一圈，摸了一遍又一遍："这辆车是你刚买的？"

"是我刚买的。"毋旺根说。

"多少钱？"老父亲又问。

"三十几万。"毋旺根说。

老父亲摸着车又说："你咋没坐原来那辆白颜色车回来，你原来的司机呢？"毋旺根说："中央实行八项规定，省上搞车改，我这样的副厅级干部就没有专车坐了，原来那辆凯美瑞上交了。司机是临时工，走了。"老父亲又说："我在报上、电视上看了，官员大部分都没专车了，但给你们发补贴了，你开自己的车回来，这就对了。村里人也不再说咱开着公家车扎势了。"

毋旺根无语，他从后备厢里拿出10盒月饼。老父亲一脸不高兴地说："你提这么多月饼回来，是别人送的吧？"毋旺根忙解释说："现在谁给送月饼啊，我两三年都没收过一盒月饼。这些月饼，除了你们吃，再送给亲戚一些。"老父亲又问："这都是你自己掏钱买的？"毋旺根一脸苦笑说："是自己掏钱买的。现在，对公款买月饼，管得死得很，谁还敢拿公款买月饼！"

老父亲说："自己花钱买月饼，这就对了。"

毋旺根的家离县城不远，快到中午了，他怕父母劳累，提议去县城吃饭。一家人高高兴兴来到县城一家饭店，要了一个包间，点了一桌菜。一家老小，有说有笑，亲情洋溢。饭毕，服务员结账，686元。母亲瞪大眼睛："这么贵！"毋旺根说："跟你们二老过中秋节了，不贵，值！"

吃完饭，毋旺根对服务员说："把发票开上。"老父亲忽一下站起来："私人吃饭，还开啥发票？"毋旺根说："开发票，是给国家缴税呢。"老父亲说："你可别拿回去，让公家报销。"毋旺根说："不会的，现在对公款吃喝管得严得很！"老父亲听后长出一口气说："自己掏钱吃饭，这就对了。"

离开酒店，老父亲心情很好，提议去猴山转转。

老父亲说："你实话告诉我，你的车是不是别人送的？月饼也是别人送的？开发票是不是有人给你报销……"

老父亲一连串的问题，让毋旺根很尴尬，他无语。

"你说话啊！"

"你怎么知道的？"毋旺根低着头说。

"我们刚在饭店消费686元，你为何让服务员把发票开成是1686元？"老父亲沉默了半天，他指着远处树上的一只猴子说，

"你看到那只猴子没？"

"看到了。"

"你看我如何抓住它？"

毋旺根不信："凭你老态龙钟，如何抓猴子？"

老父亲拿出早已预备好的一个箱子，箱子顶部开个孔，箱子里放着美味的香蕉。箱子孔的大小刚好能让猴子把手伸进去。老父亲悄悄走了过去，把箱子放在树下，然后跟毋旺根躲了起来。过了一会儿，猴子来到箱子旁左右看了看，然后把手伸了进去，猴子抓住香蕉，它就必须握起拳头。但是握起的拳头却没法从孔中挣脱出来。

老父亲说："现在，猴子有两个选择。要么放下香蕉，伸出手来。要么一直握着香蕉，困在那里。实际的情况会怎样？对了，猴子会一直握着香蕉站在那里。"

毋旺根半信半疑。

老父亲走了过去，轻而易举地抓住了猴子。

毋旺根望着猴子，他突然感觉那猴子就是他自己，他无地自容。

老父亲拍了拍毋旺根的肩膀，语重心长地说："你从一个农村娃，能成为咱村里最大的官，不容易，我成天在报纸电视上看，这个官被抓了，那个官被判了，我总为你捏把汗。记住，不要占公家便宜，下次你给老人买月饼，一定要花自己的钱。记住，你是人，不是猴子！"

毋旺根低着头说："我错了，我知道我该怎么做了！"

（原载《共产党员》《党风廉政》）

◀ 输　赢

张三和李四是同学，从小学、初中和高中一直是同学。

两人家境相同，父母都是农民，但他们从小就暗暗较劲，谁也不服谁。张三有文具盒，李四就逼着父母要买一个比张三更漂亮的文具盒。张三脚上穿上一双新白球鞋，李四不久脚上也穿上了新白球鞋……两人一直“比”着进入高中。上高中时，张三喜欢一个叫白鸽的女孩子，李四硬是插了进来，给女孩情书，终于获得女孩子的芳心，其实李四并不喜欢这个女孩子，只是不想输给张三而已。

高中毕业后，两人考入异地不同大学。大学毕业后，两人又回到了小县城，张三分到偏远的山里小学当老师，李四分到偏远的镇上当老师。两地相隔一二百里，一年他们难得见几次面，但彼此都在默默关注着对方。

几年后，张三成家了，爱人是同一所学校的老师。婚礼是在家里办的，很热闹，李四是伴郎。张三无意问李四：“你啥时结婚，我等着喝喜酒？”

李四有点尴尬地说：“我还没女朋友呢！不过放心，到时我结婚一定请你！”

张三说：“当年你给白鸽写情书，听说她也没结婚，一直等着你。”

李四摇了摇头，叹了一口气说：“没感觉。”

“没感觉，你干吗给她写情书？”

“你不是也给她写过情书。”李四望了新娘一眼，小声说。

张三哈哈一笑，拍了拍李四的肩膀。

转眼几年过去了，张三还是在山里教书，李四交际广，还在地方日报上发了几篇文章，很快调到了县城附近川道一个镇上。不久，他被县长看上，成了县长的秘书。

张三的媳妇是城里人，他们很快在县城买了房，他们对人生早已做好了规划，争取早日能双双调到城里的学校。

李四在城里租了一套房，他听说张三在城里已买了房，120平方米，三室两厅，他心里很不是滋味。

两年后，李四在城里也买了房，140平方米，四室两厅。搬新家时，李四大摆筵席。张三也来了，他看了李四的新房，心里很不是滋味，李四的新房比他家大，装修还漂亮，心里酸溜溜地说：“我的娃都满地跑了，你啥时结婚啊？”张三说完这话，心里顿时敞亮多了，至少在婚姻上他占了上风。李四说：“缘分没到，不急。”其实李四相亲了几次，他都没看上，他的标准是要比张三的老婆漂亮不说，还要年轻。

一年后，李四真找了一位年轻漂亮的女孩，至少比张三的老婆漂亮十倍。

李四结婚这天，张三也来了，张三望着比自己老婆又漂亮又年轻的新娘，他心里又不是滋味，这次他喝醉了，醉得一塌糊涂。

成家后，各忙各的。张三成了学校的校长，老婆也调到了县城附近学校。他们已约好了，老婆先回到离家近的县城，他随后寻找机会也调到县城。这事原本是板上钉钉的事，他老婆的亲戚就在教育局当副局长，没想到这位副局长出事了，这事就搁浅了下来。而李四仕途一帆风顺，他给县长当了秘书后，不久就到下面锻炼去了，先是村长、副镇长，再到镇党委书记，几年后又调到城里交通局当副局长。

似乎在一转眼之间，张三和李四就人到中年。

一天晚上，张三来到了李四家。张三的突然造访，让李四有点受宠若惊，自他当了局长后，张三似乎就疏远了他，两人就很少联系了。

“无事不登三宝殿，你找到有啥事？”李四开门见山地问。

张三犹豫了半天，吞吞吐吐地说：“听说你跟教育局张局长很熟悉？”

“算是吧！”李四其实跟张局长见过几次面，谈不上关系很铁，为了面子他笑着说。

“我想把工作从南山调到城里二中，媳妇已给我下了最后通牒，一年之内不把工作调到城里，她就跟我离婚。”

李四有点为难地说：“有人私下说，从山里调到城里要 10 万，调到县城附近川道的学校要 5 万。”

张三从包里拿出一沓钱说：“老同学，这已不是什么秘密了。好多人提着猪头找不到庙门，我就是想求你引荐一下。”

李四说：“我尽力吧！”

张三感激不已，站起来就要告辞。李四想留他吃饭，张三说：“我还有事，这事办成了我请你吃饭。”李四把张三送到楼下，然后握手告别。

李四就去找张局长，张局长客气地说：“县上为了防止南北二山的教师流失，县上出了相关政策，名额非常有限，工作调动是件复杂的事，越是小县城，关系越复杂，拐弯抹角都是亲戚，我这里排队挂号的已是一长串了，我为这事寝食难安啊。”

李四拍了拍用报纸包的钱说：“张三在南山教书都20多年了，也该挪挪窝了。”

张局长笑了笑说：“我尽力吧。”

一年过去，张三见工作调动的事没有一点动静，打电话问李四。李四说：“再等等吧，回头我问下。”李四放下电话，这事他也不好意思去问张局长，这事就拖了下来。

一拖就是好几年。张三已离婚了，调动的事他就没有再问李四了。其实张三心里憋了一肚子火，钱花了事还没办成。

张三慢慢就疏远了李四，两人不再联系。直到李四成了副县长，张三才明白，他们已是不同路上的两种人了。

转眼又是几年过去了，直到张三退休，他一直在山里教书。

李四从县长位子退休后，大家都以为他平安着陆，没想到另一个官员贪污把他牵连了进来，李四被抓了起来。

张三得知李四进监狱的消息，他哈哈大笑，那天他又喝醉了，这次他的心里得到了平衡，人生的赛场他终于赢了一局。

半年后，李四因癌症去世。张三参加完李四的葬礼，回来后他的心里空荡荡的，这么多年来他一直把李四当成自己的对手，没了对手，人生还有何意义？他终于想明白了，人生不是竞技场，即便是，也不必处处要想着赢。为了赛赢别人的人生，不会快乐。

张三从此郁郁寡欢，不久也病逝了。

◀ 送领导回家

我的一个项目在领导那被卡住了，只要领导签了字，这几千万的项目就拿到手了，钱自然就会滚滚而来。

听说领导这个人不好说话，做事有板有眼，还是个清正廉洁的好官。

我四处托人跑关系，终于约到领导晚上在临江仙酒楼一聚。

这是个难得接近领导的好机会，我早早就定好了包间，并派了公司两个年轻貌美的女孩来陪领导，目的是要让领导多喝酒。

凉菜都上好了，就等领导来了好开席，我在酒店门口亲自迎接。

领导终于出现了，他自己开车来的，没带司机，我远远就赔着笑脸，弓着腰行了礼。

领导坐在正席位置上，一边一个美女，几杯酒后气氛活跃了，美女说："领导在上，我在下，你说几下就几下。"领导呵呵笑了，拍着美女的肩："慢慢来，先一下。"领导端起酒杯一饮而尽，把杯子口朝下，哈哈笑了。

我见领导笑了，立即赔着笑："领导好酒量。"

第二个美女也不甘落后，也端起酒杯敬领导。

大家轮流敬领导。

车轮战术后，领导醉了。

我见时候不早了，对领导毕恭毕敬地说："要不今晚就住在酒店……"

领导挥了挥："你们那嫂子看得紧，我还是回家。"

人们想笑，但都忍住了。

领导站了起来："回……回家。"领导一个趔趄，我立即扶他下楼。领导从身上摸了半天，摸出一串钥匙要自己开车回。领导醉成这样怎能开车，万一出事咋办？这是一个表现的好机会，顺便也知道了领导家住哪，以后办事方便多了，我决定给领导当一回司机。车启动后，领导已呼呼大睡，我才想起忘了问领导家住在哪里，我轻轻摇了摇领导："请问领导您家住在哪里？"没反应，我又摇了摇领导，领导依然呼呼大睡。这下我犯难了，不知道该如何是好。

突然，领导的手机响了，我见领导没反应，心想，说不定是他老婆打来的，一问不就知道了吗。我从领导身上掏出手机，一看来电果然是老婆两个字，我高兴地接了电话："喂，你好。"对方说："你是谁？领导的手机怎么在你手上？"我说："领导喝醉了，我送他回家，但我不知道他住在哪里？"对方迟疑了一下："沁园春小区 B 坐 518。"接完电话，我掏出一张卡，卡上有 50 万，密码写在背面，我装在了领导的上衣口袋里。

沁园春是梦城高档小区，是有钱人住的地方，我把领导送到小区，下车后我给领导打开车门，领导依然呼呼大睡，我只好背着领导气喘吁吁来到518，按响了门铃。

一个非常年轻的女人开门，我说："我把你爸送回来了。"

女人有点不高兴："我是他老婆。"

放下领导我立即承认错误："我没想到嫂夫人这么年轻漂亮，怪我有眼不识泰山，我该死。"

女人笑了："谢谢你送他回家。"

"应该的，初次见面，没啥东西送嫂夫人，"我掏出卡，卡上有20万，递了过去，"一点小意思，以后还请多关照。"

女人接过卡，笑了："要不歇一下，我给你倒杯水。"

"不了，"我把车钥匙交给女人，"不打扰你们了，你们早点休息。"

我高兴下楼，做了一个姿势，大叫了一声"耶"。刚走到小区门口，身上电话响了起来，我掏出一看这是领导的手机，光顾着给领导塞卡却忘了把手机还他，我决定回去把手机还他，但手机一直不停地响着，我犹豫了一下，接了，是个女人的声音，她听出了声音不对："你是谁？"我说："是这样的，领导喝醉了，我刚把他送回家，忘了把他手机还他……"对方说："你现在在哪？"我说："我在他楼下。"对方语气很凶："我问你，你现在的位置。"我不知道对方身份，只好如实回答："我在沁园春小区。"对方说："你先别走，你在小区门口等我。"

对方挂了机，我就在小区门口等。

一会儿，从车上下来一个女人，女人朝我走来：“领导的手机在你手上？”

我说：“是。”

女人说：“你给我带路。”

我说：“你是——”

女人说：“我是他亲戚，搬新家也不告诉我一声。”

立功的机会来了，我领着女人直奔领导的家，我献殷勤的按响门铃，门开了，露出女人的脸：“你还有事？”

我说：“嫂夫人，我把领导手机还你，顺便把领导的亲戚也带来了。”

女人朝那年轻女人就是几巴掌：“你这个狐狸精，竟敢勾引我老公。”

两个女人打了起来。

原来这老女人才是领导的老婆。

我匆匆下楼跑了，心想这下完了，我把领导老婆带进了领导情人的家，我的项目彻底完了。

（原载《短小说》《文学报》等转载）

书法大家

老张退休后，闲得慌。

一天路过书院门，看见几个老头在写字，他心血来潮买了笔墨纸砚，回家后就开始练字。

老伴有点不解：“发哪门神经了？”

老张说：“你知道吗，人长寿三大秘籍就是骑自行车、钓鱼和练字。”

一听练字可以长寿，老伴默许了：“好好练字吧，说不定大器晚成，一不小心就成了书法大家。”

老张呵呵笑了。

老张开始了每天练字。

儿子回家了，看见老张在练字，他盯了半天，说：“看不出来啊，老爸的字不错。”

老张得意地说：“那是。”

儿子又说：“市里搞书法征文大赛，你可以试试看，顺便也好知道自己差距在哪。”

老张一想，也对，就挑选了一幅字参赛。

几个月后，老张没想到的是，他获得了一等奖。

日报记者上门来，采访了老张，刊发了对老张专访，说老张大器晚成，必成大家。接着电视台和省报也对老张做了专访，书协还组织了老张书法研讨会，几位专家给老张书法的评价是：老张书法融欧阳询、颜真卿、柳公权、赵孟頫之长，自成一家，具有划时代的意思。媒体跟着吹捧，老张也有点飘飘然了，觉得自己的字就是不一般。

一个中年男人上门求字："久闻大名，能不能给我写幅字？"

老张心情非常好："没问题，写啥呢？"

"随便，写你拿手的字。"

老张提笔写下了"天下为公"。

中年男人非常满意，掏出几沓厚厚的钱："这是2万润笔费。"

老张说："钱，我不能要，请拿回去。"

中年男人说："这怎么行？你不知道吧，你的字升值空间很大……"那人拿着字跑了。

老张望着钱，叹了一口气，只好把钱留下了。

仿佛一夜之间，老张的字就升值了，上门求字者络绎不绝，当然他们都不是空手而来。更有财大气粗的大老板，开口就是几十万求字。还有几个开发商、煤老板为讨几幅字，用寓意"一帆风顺"的大金船，用寓意"金玉满盆"的金脸盆，以及"四季发财"金元宝来换字。

儿子回家了，老张得意地说："我的字现在成了抢手货。"

儿子淡淡地说："是吗？"

老张说："要不我给你写幅字，挂在你的办公室。"

儿子摆了摆说："算了吧。"

老张得意地说："让你开开眼界。"他拿出了大金船、金脸盆和金元宝。

"谁送的？"儿子眼睛一亮，"这东西让我保存吧。"

"我不知道他们是谁，但他们留有名片，我也没看。这些东西你喜欢，就拿去吧。"

儿子看了一下名片，把大金船、金脸盆和金元宝装进了大包里，然后提着走了。

儿子一走就是几个月。

说来也怪，来买老张字的人越来越少了。

老张闲得慌，就去书院门溜达。

几个老头在写字，见老张来了，没人理他。以前可不是这样，以前人人见了他老远就打招呼，都吹捧他的字好。

老张看了半天说："你的字不能这样写，要这样写……"

那人不服气："要不你露一手，让我们看看，都说你一字值千金。"

"见笑了。"老张就挥笔随意写了几个字，掏出随身携带的印章落了款。

人们围住字看了半天，没人吱声。

老张无趣，走了。

老张走了不远，有人说："他的字比国足的脚还臭。"

“是啊。擦屁股，我还嫌他的字臭。”有人抓起他的字揉成团，扔了。

老张闷闷不乐回家，心想他们这是羡慕嫉妒加恨，不跟他们一般见识。如此一想，心里好受多了。他叫老伴准备菜，家里有几瓶好酒一直舍不得喝，今晚叫儿子回家，好久没见儿子了，好好开心一下。

老张就给儿子打电话，电话关机。儿子自当市长后，每天都在忙，也不知道他在忙啥。老张不停打，电话一直关机。

第二天，老张去儿子的家，家里没人，儿媳妇也联系不上。

老张走在街上，感觉人们看他的眼光都怪怪的。他听见有人在窃窃私语，说他儿子出事了，双规了。

老张一个趔趄，差点摔倒。突然刮起一阵大风，一张大纸在空中飘荡，落在了他的面前，他仔细一看，是自己的字，上面踩满了脚印，还有几个窟窿，他想来了，这幅字就是那人用大金船换的。他突然明白为啥最近没人来买他的字了，原来他们买字是假，都是冲着他儿子市长而来的。

老张回家后，砸了笔墨砚台，从此不再写字。

（原载《百花园》）

怎么会这样

男人这次回来是离婚的。

男人以前是个泥水匠，现在是一个资产过亿的煤老板。

男人和女人同住一个村，一块长大的，可以说是青梅竹马。两人婚后感情非常好，一同来到城里打工，男人开始包工程，赚了一些钱，男人就在城里买了房，把家安在了城里。女人就整天待在家里，然后女人就给男人生了一个胖胖的男孩。男人后来不承包工程了，去了陕北包煤矿，几年的工夫就发财了。男人有了钱，心也野了，在外包了一个小女孩，如今女孩肚子大了，逼着男人回家跟他老婆离婚。

男人站在门前，犹豫了一下，打开了门。

女人说："你回来了，我给你泡茶。"

男人说："不用了，我一会儿就走。"

女人说："再忙，也等吃了饭再走，我给你做饭。"

男人说："我这次回来是办离婚手续的。"

女人一怔："你说啥？"

男人又重复了一遍，把离婚协议放在茶几上。

女人脸色变了："你想得美，我不离婚。"

男人说："只要你签了字，房子归你，孩子归我，我再给你100万。"

女人哭了："我不签字，除非我死了。"

男人说："你别逼我，把我逼急了，我一分都不给你。"

女人端起茶水泼在男人的脸上："你这个忘恩负义的东西，怪我当初瞎了眼……"茶水还有温度，男人被烫得叫了起来，男人扬起手打了女人一巴掌："你反了。"

女人哭着跑到厨房，拖了一把菜刀出来，女人吼道："你给我滚，反正我也不想活了。"

男人一把夺过菜刀："你现在就签字，不签我就一刀把你劈了。"

女人把脖子伸了过去："你有种就砍。"

男人吓唬女人："老子有的是钱，你不签，我就真砍了。"

女人一点都不惧色："你再不走，我就打电话报警。"

男人说："你报啊，我好怕警察。"

女人真就拨打了110，说有人拿刀绑架了她。

一会儿，警车呜呜来了，荷枪实弹的特警也来了。

一个警察用喇叭喊道："请放下人质，不要冲动，我们保证你的人身安全……"

男人生气了：说，"你还真报警了。"男人把女人拖到阳台上，刀依然架在女人的脖子上，楼下已拉起了警戒线，停了不少警车，站满了警察，围观的人更是人山人海。

男人说：“这是我跟女人间的事，请你们离开，别管闲事。”

警察用喇叭喊道：“请放下你手上的刀，不要冲动，有话好好说，我们答应你的一切要求……”

男人火了:“你们都给我滚。这是我们两口子的事,你们少管。”

警察问小区的住户说：“这男人你们认识吗？”

一个人：“不认识。”

警察问了好几个小区的住户，都说不认识这男人。男人一年回家就几天，回来也是独来独往，自然大家不认识他。

警察依然用喇叭喊话，让男人放下人质。男人把女人拖到屋里，男人说：“你站着别动，小心我的刀‘走火’，我再问你一次，你签不签字？”

女人不吱声。

两人就僵持着。

一个小时，两个小时……过去了，楼下的警察依然用喇叭不停喊话。

男人非常烦躁，把女人拖到阳台上，男人把刀架在女人的脖子说:“我限你们10分钟内离开,否则我就杀了她。”男人一用力，刀陷进了女人的肉里，女人脖子上出现了血印，女人痛得开始叫了起来，脸也有些变形，女人说：“把刀放下，我签字。”

男人一松手，女人放开脚步就跑，她要开门，她要跑到楼下，女人不想放弃他们这段婚姻，再说她也深爱着男人，只要不签字，等男人冷静下来，她就有机会把男人的心收回来。女人的手刚抓到门把上，男人追了上来，一把把女人拖了回来。男人对女人拳打脚踢："我让你跑。"

男人又把女人拖到阳台上，女人脸上在流血。

男人说："楼下的警察听着，我限你们马上离开，否则我就杀了她。"刀陷进了女人的肉里，血印越来越深，女人彻底失望了："放下刀，我签字。"

男人说："你再跑，我打断你的腿。"

女人说："我想通了，这次我不跑了，离开了你，我照样活得好。"

男人松开了手，男人胜利了，男人 笑了起来，他朝楼下警察挥了挥手："你们回去吧……"

这时，埋伏在对面楼上的狙击手扣动了扳机，随着一声枪响，男人倒了下去。

从天而降的特警破窗而入，按住了男人。

男人已死了。

女人一下瘫软在地上："怎么会这样呢？"

（原载《郑州晚报》）

笑 话

多年后，我才明白，我的前途竟毁在一个笑话上。

局长喜欢讲笑话，特别是在饭桌上，局长的黄段子特别多，常常讲得女生面红心跳，局长往往望着面红的女人得意地哈哈大笑。

江小鱼是我最要好的哥们兼同事。

江小鱼说："局长准备后天请我们在临江仙酒楼聚一聚。"

我说："局长有啥喜事？"

江小鱼说："没啥喜事，局长只是想聚聚而已，没别的意思。"

我说："你怎么消息这么灵通？"

江小鱼说："是局长的秘书告诉我的，到时去就行了。不过，局长喜欢讲笑话，你得准备一个啊。"

我在网上找了几个笑话，江小鱼看了说："你的笑话太老土了，这样的笑话局长早就听过，要找就找新笑话，这样也显得你有品位，局长才会对你刮目相看。"

我又从杂志上找了几个笑话，江小鱼又一一否定，最后江小鱼说："我给你找一个吧，局长听后一定会哈哈大笑。"

我看了看江小鱼的笑话，果然不错，很有品位。

我们到临江仙酒楼，才知道局长只请了我们七个人，秘书，江小鱼，还有几个美女和即将退休的办公室主任。菜都快凉了，局长才面带微笑走来。

局长落座后，宴席就开始了。

江小鱼说："局长，来一个笑话。"

江小鱼带头鼓掌，接着掌声一片。

局长呵呵笑了，局长环顾了四周，目光落到一个漂亮女人脸上就开始讲了："我们工作搞不好的原因，一是像寡妇睡觉，上面没人；二是像妓女睡觉，上面老换人；三是像和老婆睡觉，自己人老搞自己人。"

江小鱼哈哈大笑起来，几个女人也笑了笑。

局长说："我还有更精彩更刺激的，因有女同志，先保留。下面轮流，一人讲一个，不讲者罚酒三杯。"局长指了指老主任说："你是喝三杯酒，还是讲笑话呢？"

老主任说："我讲笑话吧，首先声明一下：如有雷同，纯属巧合。某局长和某村长喝醉后互相吹嘘泡妞经历，局长说我泡的都是城里女人，有身材，有脸蛋，都是绝色美女，什么招都精通……村长说我泡的都是乡野村姑，无公害、无污染，都是绿色食品，什么病都没有！"

局长假笑了笑，大家跟着笑了。

轮到江小鱼了。江小鱼说："古代有一个小姐，遇上一个进京赶考避雨的书生。小姐备笔墨让穷书生赋诗一首，小姐看后大叹其文采，决定以身相许。次日小姐垂泪送穷书生盘缠上路，并嘱咐他日若高中莫负妾身。书生发誓后走了。小姐让丫鬟把书生的名字记录下来。丫鬟说这已经是第65个书生了，小姐说，分散型投资总有一个会考中进士吧！”

局长大笑，大家跟着哄笑。

该秘书讲了，她说：“总编对记者说，你采访的新闻报道成了热点，关于一个女青年在山里迷路30天不吃不喝活下来的那篇文章发表后，引起众多读者极大的兴趣。记者：是吗？太好了！总编：咱们编辑部已经收到四百多名读者来信，他们都想要那个女青年。”

轮到我讲，我说：“记者问某落马官员，你政治生涯的最大感悟是什么？答：装。某国学大师听后大乐，说，中华文明博大精深，上下几千年，官场只需三位导师就高度概括了：老子、庄子、孙子，连起来读，就是老装孙子……”

众人笑了，大家看局长板着脸没笑，脸色很难看，大家的笑容立即停住了。

局长端起酒杯猛喝一口，摸出手机放在耳边走了。

老主任走了，接替他的位子是江小鱼。

后来我才知道，当初局长把我和江小鱼叫在一起，实际是在对我和江小鱼的最后一关的考察，看谁最适合办公室主任。其实局长最初看好的是我，但因我的一个笑话，我的形象在局长心目中轰然倒塌。局长的名字就叫庄孙资（装孙子），局长当年就是靠装孙子才当上局长的……

后来我想明白了，江小鱼给我量身定做的笑话原来是他早就设计好的陷阱。

几年后，局长高升了，江小鱼接替了他的位子。

江小鱼当了局长后，也喜欢讲笑话。

一次，江小鱼宴请我们。

江小鱼说："老刘，讲一个笑话吧。"

我说："记者问某落马官员，你政治生涯的最大感悟是什么？答：装。某国学大师听后大乐，说，中华文明博大精深，上下几千年，官场只需三位导师就高度概括了：老子、庄子、孙子，连起来读，就是老装孙子……"

江小鱼哈哈大笑，笑得我浑身寒冷……

（原载《辽河》）

模拟双规

钱书记从会议室走出来，一高一矮两个年轻人拦住他说："跟我们走一趟！"

"你们是谁？"钱书记问。

"去了你就知道了。"高个子年轻人一脸严肃。

"你们知道我是谁吗？"钱书记又问。

"大名鼎鼎的县委书记，谁人不知啊。"矮个子说。

高个子不耐烦地说："少废话，到时有你说的。"

钱书记看见院子里停着一辆车，车上写着检察院几个字，他心里咯噔了一下，被推进了车里。钱书记被带进一家酒店了。

钱书记说："你们带我到这里干吗？"

高个子说："你被双规了，我劝你老实点，我们已掌握了的证据，坦白从宽，抗拒从严，你要如实一一交代。"

钱书记说："我抗议！把你们的证件拿出来。"

高个子掏出证件扬了扬，钱书记屁股离开椅子，伸手要看，矮个子按住他的双肩厉声说："放老实点，坐下！"

高个子把证件揣进口袋里，打开笔记本说："有几个问题，我想核实一下，是你自己交代了，还是我们说？你说跟我们说，这问题性质就不一样了。"

钱书记说："我要打电话，有啥问题，你们……"

高个子夺过手机，顺手关机了。高个子冷着脸说："从现在开始，你跟外界不能有任何联系了。"

钱书记说："我日理万机，下午还有个重要的会议必须参加！"

矮个子说："那你就好好交代吧。"

钱书记说："我两手空空，一袖清风，至今住着没有暖气没有天然气的老楼，你说我有什么好交代的？"

高个子说："你别以为我们不知道，你这是掩人耳目，你不仅在南郊有豪华别墅，还在市里、省上以及外省都有房子，你说是不是？"

钱书记擦了擦额头上的汗说："纯属无稽之谈，你们有证据吗？"

矮个子说："看来你一点都不老实。"

高个子说："既然你不配合，那我就问你，你只需回答是，还是不是就行了。"

钱书记鼻子哼了一声，很傲慢。

高个子说："你利用职务便利，帮助你妻弟承揽凤凰国际大厦、金州花园小学门窗工程、兴利大厦装修工程，你从其中捞了不少油水。"

钱书记说：“打电话通知我的律师来，我拒绝回答你们的一切问题。”

矮个子伸出巴掌要打钱书记，钱书记站来说：“来啊，有种你就打啊！”矮个子狠狠瞪了钱书记一眼，把手缩了回去，说：“你这是在对抗组织审查，你知道吗？”

高个子说：“没事，不回答表示就是默许了。继续，你利用职务便利，帮助你哥哥承揽公安局监管总队工程、汉漩路工程、城市美化工程、天眼工程、经营同心煤矿提供帮助，你从中分红款。”

钱书记说：“这是毁谤造谣，我清正廉洁，得罪了不少人，他们巴不得我下台呢。我在会议上多次强调：权力是用来为人民谋利益的，不是用来以权谋私的，更不是用来搞腐败的。我是这么说的，也是这么做的。”

高个子摆了摆手说：“你要是这么做，我们也不会找你谈话了。有人举报你买官卖官，还让你的多名亲戚‘吃空饷’。为给亲戚谋利益公然殴打教师，对政府置若罔闻。”

钱书记说：“这是无事生有。”

高个子说：“你为了政绩不惜牺牲群众的生活设施，充当开发商的保护伞，某某房地产公司在本市无法无天。”

钱书记说：“血口喷人！”

高个子说：“为博得丽人一笑，你在安康丽都花园花100万余元购买了一套豪宅，还为情妇购买了一辆新款富康车。”

钱书记说：“这全是毁谤造谣，请组织明察，还我一个清白！”

高个子合上笔记本，走上去，握住钱书记的手说：“大舅，你的表现不错，模拟双规基本合格，回去好好再完善一下，过几天巡视组就要来了，到时巡视组找你谈话，千万不要露出什么破绽。”

钱书记说：“我的事，你怎么知道这么清楚？”

高个子说：“我猜的，贪官大多一样！”

钱书记说：“什么一样？”

矮个子正在玩手机上的游戏，他插嘴说：“天网恢恢，疏而不漏。贪官结局都是一样待在监狱里。”

高个子踹了矮个子一脚：“乌鸦嘴！”

矮个子看见钱书记的脸色变了，立即说道：“亲叔，我在玩反贪游戏，我在抓贪官，我可没说你！”

钱书记的脸色越来越难看，突然一头栽倒在地上。

钱书记送到医院，就死了，医生说他是受了惊吓引发心肌梗死。

（原载《北京精短文学》2019 年第 5 期）